DEPOIS DO LEITE

Musa
Ficção
Volume 6

Dados Internacionais de Catalogação na Publicação (CIP)
Câmara Brasileira do Livro, SP, Brasil

Ribeiro, Lúcia Amaral de Oliveira
Depois do leite / Lúcia Amaral de Oliveira Ribeiro;
[ilustrações de David A. Silveira Ferreira].
– São Paulo: Musa Editora, 2004. (Musa: ficção; v.6)

ISBN 85-85653-73-6

1. Ecoturismo - Ficção. 2. Ficção brasileira
I. Ferreira, David A. Silveira. II. Título. III. Série.

04-1724   CDD – 869.93

Índices para catálogo sistemático:
1. Ficção: Literatura brasileira 869.93

Apoio Institucional da
Prefeitura do Município de São Paulo
Lei 10.923/90

Lúcia Amaral de Oliveira Ribeiro

DEPOIS DO LEITE

© Lúcia Amaral de Oliveira Ribeiro, 2004.

Capa, projeto gráfico e diagramação RAQUEL MATSUSHITA
Revisão LUCIENE APARECIDA SOARES NONATO
Ilustrações DAVID A. SILVEIRA FERREIRA

Musa Editora Ltda.
Rua Cardoso de Almeida, 2025
01251-001 São Paulo SP
Tel/fax 5511 3862 2586 / 3871 5580
musaeditora@uol.com.br

Impresso no Brasil, 2004, 1ª edição

APRESENTAÇÃO

Quando eu era criança, passavam vacas em frente de casa, em São Paulo. A rua era de terra. Fazíamos piquenique à margem do rio Pinheiros.
Por alguns anos, meu pai teve uma fazenda. Para chegar à casa, cercada por montanhas e floresta, atravessávamos uma pinguela. O carro ficava do outro lado do rio. O rio fazia curvas. Era cheio de pedras no fundo, pedras com tons de amarelo, castanho e vermelho. Brilhavam.
Não havia eletricidade na casa da fazenda e o fogão era de lenha. Ficava do lado de fora, em uma espécie de terraço. Em uma manhã, encontramos pegadas de onça por ali.
Com o tempo, as lembranças mudam, como mudam os lugares e as pessoas. Lembranças antigas conversam com lembranças mais novas, do mesmo jeito que o que somos hoje não se separa do que fomos antes.
Em um vale escondido entre as montanhas de Minas Gerais, encontrei a floresta, o rio e o céu estrelado dessa fazenda da infância. Encontrei pessoas vivendo de uma forma simples e solidária.
Comecei a escrever inspirada pelo que acontecia no vale, inspirada por amigos que admiro e prezo muito. Escrevendo, me distanciei dos fatos concretos. Criei personagens e situações novas. Misturei invenção, impressões, lembranças e histórias que me contaram. Assim, o enredo e todas as personagens deste livro resultam de imaginação.

LÚCIA AMARAL DE OLIVEIRA RIBEIRO

Com amor e gratidão,
dedico este livro a meus pais,
a Rosa e a meus irmãos,
que sempre me apoiaram.

SOBRE A NECESSIDADE DE PRESERVAR RIOS E PONTES

ESSA PONTE É SÓ UM TRONCO DE ÁRVORE
SOBRE UM RIO PRÓXIMO À NASCENTE.
DE UMA MARGEM À OUTRA: PONTE, SIMPLESMENTE.

Contar esta história me requer coragem. Escrevendo, procuro resolver um estado de dúvida, insegurança. Encontrei Diego no sul de Minas. Quando nos vimos pela primeira vez, ele montava um cavalo chamado Justiceiro. O herói da minha infância também montava a cavalo, também se chamava Diego, Dom Diego de la Veja. Com capa e máscara, Dom Diego se transformava em Zorro, defensor dos inocentes. A identidade de Zorro era segredo para os que estavam dentro da história. Diante da televisão com meus irmãos, todos de pijama, depois do jantar, sábado, eu nem piscava, completamente envolvida pelo suspense das aventuras de Zorro. Levo comigo, ainda hoje, as emoções dos duelos de espada do programa de TV, emoções de um mundo romântico, cheio de fantasia.

Escrevendo, procuro ver Diego como ele é, sem *glamour*, sem a máscara de herói. Diego é mineiro. Nasceu no campo em uma casa de pau-a-pique sem eletricidade, portanto sem TV e sem Zorro.

NARRADORA
São Paulo e Minas Gerais, verão de 2004.

PAINEIRA

Por uma trilha, longe, vai um homem. Leva o cabo da enxada no ombro, por cima da alça do embornal. Sua voz está nas histórias que conta, e também na enxada, o guatambu, como dizem por aqui. Conforme o olhar, as histórias se transformam, escondem ou revelam.

Entre o verde das montanhas, perto de um curral, um menino descalço corre pelo terreiro montado em um cavalo de bambu. Uma mulher lava a roupa na bica.

A água forma uma música com o vento. E o vento sopra segredos: da mulher que lava a roupa na bica, do homem que caminha pela trilha, do menino que corre com o bambu.

À entrada do vale, a copa de uma paineira se destaca no alto de uma colina.

Tio Custódio contou que a paineira quase foi derrubada.

– O antigo dono da fazenda começou a tratar o serviço comigo. Eu não queria cortar a árvore. Enrolei a conversa pra não chegar a um acordo sobre o tanto que ele ia me pagar. Pra cortar uma árvore grande como essa tem que ter braço e coragem, tem que saber tombar o tronco pro lado certo. Outro não ia pegar o serviço. Foi nessa época que Fernando apareceu por essas bandas. Veio num jipe que saltava igual a uma mula arisca por cima da buraqueira e barro do caminho, varava riachos e atoleiros. Fernando comprou a terra. Um dia, ele chegou na minha casa pra indagar de construção.

– Quero fazer uma casa. Soube que o senhor trabalha com construção.

– Fui eu mais meu irmão trabalhar pra ele. Não se falou mais em cortar a paineira. Raízes longas favorecem a vida longa da árvore. Meu avô era criança e essa árvore já era grande que nem um trem.

Com os olhos da paineira, vi índios na floresta. Vi o vale sem campos de pasto, sem vacas, antes dos fazendeiros. Vi os bandeirantes chegarem em busca de ouro e riquezas minerais. Abriram trilhas pelas matas do estado de São Paulo e atravessaram a serra da Mantiqueira. Percorreram os sertões de Minas Gerais, deixando para trás roças de milho e feijão. Nesse percurso, em algum ponto no meio da floresta ou à beira de um rio, branco e índio se encontraram.

A mineração começou nos rios. Após a descoberta do ouro, os brancos trouxeram africanos para o trabalho no garimpo. Com os ouvidos da paineira, ouvi estalidos de chicote e gritos de dor dos escravos. Pedras britadas marcam o lugar de escavações. Traços do passado.

A paineira guarda a memória do vale. Onde todas as possibilidades permanecem, vivem onças, índios, bandeirantes, escravos, araras e o saci, famílias antigas do lugar e gente que veio de fora.

PORTEIRO

Viemos Cido, Teresa e eu para São Paulo.
– Fazia tempo que eu não dormia tão bem. Eu precisava ficar longe dos papéis do escritório. Nesses dias de férias, percebi uma parte de mim que quase não existe mais. No trabalho, medem meu valor só pelos negócios que faço. Ontem, sonhei que eu só existia pros outros. No sonho, eu não me via, nem me escutava. Estranho, não é? Quando vim morar em São Paulo, eu tinha tantos planos. Do meu apartamento, vejo o melhor da cidade. O problema é que deixei muitas coisas de lado. Compro livros que nunca vou ler, sou sócia de clubes que não freqüento...

Teresa vive correndo atrás de reconhecimento e sucesso. É diretora de um banco, responsável pela área de negócios internacionais. Por causa do trabalho, viaja muito. Acostumada com os melhores hotéis e restaurantes do mundo, gosta mesmo é de ficar na pousada dos irmãos Francisco e Fernando, nesse lugar de montanhas e sossego, no sul de Minas Gerais, sem televisão, jornal e telefone.

Pouco depois do amanhecer, Francisco toca o sino. É o chamado para a primeira refeição: iogurte batido com fruta, pão e rosca, geléia, queijo... tudo feito na pousada, tudo gostoso. Com os hóspedes em volta das mesas unidas, ele faz uma oração.

– A luz do sol, passada a noite, vai clareando o dia. A alma acorda com forças novas do sono que dormia. Você, minha alma, nesse dia a ressurgir, seja capaz de agir.[1]

No aparelho de som, um canto gregoriano. Conversa de gente que já se conhece ou começa a se conhecer. A conversa continua no terraço, lugar de leitura, contemplação e encontro. É lá que os hóspedes combinam os passeios com Diego, o guia. No meio do verde-escuro das árvores, no panorama de montanhas à frente, com o pico à direita, fica a cachoeira do Cacique. Como em uma tela de cinema, quem olha para o verde vê o

---

(1) tradução abreviada, original de Rudolf Steiner

movimento de pessoas andando em trilhas na montanha, um cavalo, luzes que acendem ao fim do dia.

Ao fim do dia, Francisco toca o sino da capela. É o chamado para a meditação.

Parei o carro em frente ao prédio onde Teresa mora. O porteiro ajudou com as malas. Entrou por um caminho no meio do gramado. Em volta, havia árvores e canteiros floridos.

Surpreso com a quantidade de pessoas, carros, comércio, anúncios e prédios tão altos, Cido procurava entender São Paulo. No meio do movimento, se viu no porteiro.

– O trabalho desse homem tá com jeito de ser parecido com o que eu faço. Aposto que ele ganha um salário gordo. Será que ele também cuida das plantas?

Percebeu ali uma possibilidade, se um dia fosse morar em uma cidade grande. Na pousada, cuidava do jardim e carregava a bagagem dos hóspedes.

PARTIDA

No início do ano seguinte, logo após a festa de Reis, Cido mudou para São Paulo.

Deixou para trás a roça de milho, o cavalo, a casa dos pais. Despediu-se da mãe e dos irmãos como quem vai para outro mundo. Não falou com o pai.

Partiu com uma sacola, o violão e um pedaço de queijo no embornal. Sozinho no ônibus, afastou com a mão uma lágrima no canto do olho. Era o primeiro a sair de casa.

Com a ajuda de Teresa, conseguiu trabalho. Começou fazendo limpeza no prédio onde ela mora. Depois, substituiu um dos porteiros.

Foi morar em uma pensão. O dono da casa vivia no andar de cima e alugava os quartos de baixo. Só aceitava homens. Quando saía alguém, colocava uma placa no portão: "Vaga para rapaz". Cido ocupou uma vaga. Em um quintalzinho coberto, ele preparava a comida e lavava a roupa.

Ao amanhecer, saía para o trabalho. Andava cantarolando baixinho. Voz bonita, afinada. Fazia o turno das 6 às 14 horas. Passava a manhã toda em uma guarita junto ao portão e à calçada. Pelo circuito interno de televisão, observava a garagem, a piscina, áreas externas do prédio e a entrada dos elevadores.

Ganhou de Teresa um rádio. Ouvia programas de música sertaneja e viola.

Cido foi para São Paulo e eu mudei para Minas.

SERRA

O Pico das Araras fica na ponta de uma cadeia de montanhas em forma de ferradura. Por entre o Pico e o Morro da Onça, no outro extremo da ferradura, chega a estrada de terra, com muitas curvas.

Da janela, vejo a casa da D. Hortênsia, a fumaça que sai pela chaminé. O vento da tarde é suave. Céu azul, sem nuvens. Diante da cerca de bambu e do quintal cheio de abóboras, sinto esse lugar com os sentidos de onde nasci, um olhar de quem veio de fora.

Conto esta história com palavras que trago de São Paulo. Escrevendo, descubro segredos de pessoas boas e solidárias, o tesouro de uma cultura que se manteve por décadas, séculos.

Desde que cheguei ao vale, observo a transformação que começou com benfeitorias na estrada e energia elétrica.

Há dois anos, seu Alípio e D. Elvira venderam a fazenda. Ao lado da casa, permanecem sem uso o curral e o silo. Os filhos ficaram com uma parte das terras em volta. Mateus, o caçula, transformou a fábrica de queijo em pousada, a segunda na região. A primeira foi a dos irmãos Francisco e Fernando, que vieram de Belo Horizonte.

Diego e eu costumávamos comprar manteiga na fazenda. Era D. Elvira quem fazia.

Seu Alípio sempre tinha muitas perguntas.

– Como vai D. Hortênsia? E seu Palmiro, tá bom?

– Cadê aquele cavalo seu? É trotão ou marchador?

Diego respondia com frases curtas.

Seu Alípio continuava.

– Choveu muito pra lá hoje?

– Vai levar jabuticaba?

Tomávamos café com leite no curral. Em época de chuva, eu deixava as botas cheias de barro na entrada da cozinha. D. Elvira oferecia biscoito de polvilho, goiabada com queijo e outras delícias. Eu sentava ao pé do fogão de lenha. Ela pesava a manteiga em uma balança antiga, de madeira.

Na fazenda, o trabalho começava com o nascer do sol. No verão, seu Alípio não mudava o relógio. Às seis da tarde, tocava o berrante.

Os empregados e os filhos vinham tirar o leite. Um dia, ele deixou passar a hora. O sol desceu atrás das montanhas. Os filhos estranharam, mas não interromperam o trabalho. Roçavam um pasto adiante do rio. Só foram para a casa quando o som do berrante ecoou nas montanhas. Cansados, ouviram a explicação do pai.

– Eu vi que era tarde, mas queria o serviço do pasto pronto. O pouco que faltava ficou pra hoje mesmo.

Quando matava algum porco, seu Alípio mandava um aviso.

– Quem tiver interesse pela carne aparece em casa hoje, porque a partir de amanhã vou levar o que sobrar pra vender na cidade.

Os homens iam lá de burro e balaio buscar a carne.

Continuo vendo a casa da fazenda, não muito distante da estrada. Mudou a cor da parede e das janelas, agora quase sempre fechadas. Faz dois anos que não tem mais vacas lá, nem leite e manteiga. Só jabuticaba.

FAZENDEIRO

Diego entrou em casa com um prato cheio de broas.
— A mãe acabou de fazer. Mandou pra você.
Dos olhos de Diego me veio uma lembrança.
— O que você vai ser quando crescer?
— Vou me casar com um fazendeiro.
Dos cinco aos doze anos me imaginei professora, filósofa e jornalista. Dormia com um urso de pelúcia e me identificava com a boneca Barbie. Lia muito. Desde cedo, fiquei encantada com o mistério da leitura. Na biblioteca pública do bairro, descobria palavras para sentimentos que, de todas as direções, entravam no meu mundo de menina. O que transbordava escrevia em um diário: lágrimas e riso, dor e esperança. Sempre fui de chorar com facilidade.

Casei com Diego no fim de um mês de julho. Vieram alguns parentes e amigos, poucas pessoas. Cerimônia simples na igreja da cidade, sem festa. Em volta de casa, no vale, os pessegueiros estavam carregados de flores. A imagem ficou em uma foto: a moldura rosa dos pessegueiros, eu de vestido branco, longo, Diego com o braço em volta da minha cintura. O sorriso. Dizem que somos parecidos. Olhando a foto, posso sentir a mão firme de Diego e a brisa perfumada daquele dia, perfume de flor de pêssego, perfume de paixão. No momento da foto, o vento quase levou meu véu de noiva. Eu segurava a barra do vestido e o buquê. Quando fui ajeitar o véu, o salto do sapato afundou na terra. Perdi o equilíbrio. Diego me segurou pela cintura e o fotógrafo bateu a última foto do filme. Não fizemos pose. Meu sorriso na foto é tudo isso: o amor fazendo o coração bater, e o medo de cair fazendo o coração parar, o alívio por não cair e a graça da situação. Guardo daquele instante a certeza do nosso amor, as dúvidas e a certeza dos desafios pela frente.

Mesmo que fosse possível separar vida, realidade, sonho e fantasia, será que valeria a pena?

Diego não corresponde à imagem do fazendeiro que andava pelo meu mundo de criança. O bisavô da minha mãe saiu de Minas para formar uma fazenda de café no interior de São

Paulo. Minha mãe nasceu na fazenda. Com a crise no mercado internacional, um dia, o café virou só o pó. Isso balançou, mas não derrubou o poder da família. O bisavô da minha mãe, médico, doou terra e dinheiro para o primeiro hospital da cidade.

Meu pai entrou nessa história adoçando o café. Conheceu minha mãe no aeroporto. A família dele tinha engenho de cana em Sergipe. Meu avô paterno ficou órfão quando era menino. Cuidou dos irmãos e se formou em Direito. Por causa da política, foi do Nordeste para o Rio e São Paulo. Nessa época, já estava casado com minha avó, também sergipana.

Carrego a herança de raízes que misturam café e açúcar, São Paulo e Nordeste.

Meu pai, meu irmão mais velho e meu sobrinho são engenheiros. Os três estudaram na mesma escola, na Universidade de São Paulo. Meu irmão caçula é advogado, como eu e minha irmã.

Diego não é fazendeiro-médico-engenheiro-advogado. Sempre viveu na roça. Quando ele era pequeno, o estudo era um objetivo distante. Era preciso caminhar muito para chegar à escola. Bem mais perto ficava a roça de milho. Desde cedo, ficou tarde para Diego. Criança, aprendeu que era preciso pagar a conta do armazém. Assumiu com responsabilidade o trabalho. Quando não estava ajudando o pai na roça, trabalhava para outras pessoas. Entregava o dinheiro que ganhava para a mãe.

DIA DO "SANTO LEITE"

No dia quinze, os produtores recebem o pagamento pelo leite. Homens, mulheres e crianças vão da roça para a cidade. É grande o movimento em frente à igreja. Muitos sentam no muro que contorna a praça. Conversam com os que passam pela calçada. No fim da tarde, um caminhão fretado leva pessoas e compras. Alguns voltam antes de carona.

Diego desceu de um carro em frente ao casarão. Identifiquei seu casaco azul. Empurrava o carrinho de mão com a caixa das compras e um bujão de gás. Sumiu atrás das árvores. Ouvi a porteira perto da casa do Fernando ranger e bater. Esperei que reaparecesse em um campo de um verde mais claro depois do pinheiro. Passou pela castanheira grande.

Eu estava na trilha de cima, perto da pousada. Dali, voltei para casa.

Brasão relinchou em frente ao paiol quando Diego chegou.

– Tem um grupo no casarão combinando o plantio na terra dos novos proprietários. A associação tá ajudando a organizar os acordos. O plantador fica com metade da produção, como no sistema antigo. Não dá para eu participar. Agora tem turista no vale o ano todo. Fico muito ocupado com o trabalho de guia.

Eu guardava as compras e Diego falava.

– Aquela fartura de antes, com criação e plantio, diminuiu. Quando eu era criança, o pai plantava milho e feijão na terra do seu Ataliba. A horta de casa era grande. O que não dava pra produzir, o pai comprava em um armazém. Os tropeiros vinham por trilha abastecer o armazém, não tinha estrada. Traziam os mantimentos no lombo da tropa. O animal cargueiro era forte, igual ao povo de antigamente. O pai ia com o burro buscar os fardos de açúcar e arroz, cinqüenta quilos cada. Quando ia pra cidade, cortava caminho pelo mato. Caminhava ligeiro. Em menos de três horas, estava na cidade. Voltava com a compra nas costas.

Nos últimos anos, diminuíram as roças de milho e feijão. Diminuiu o tamanho da horta ao lado das casas. Uma vez a cada quinze dias, um caminhão de feira estaciona na entrada do vale.

De longe, se escuta a voz que anuncia frutas e verduras pelo alto-falante. Trazem até couve, que nunca faltou em horta nenhuma. Antes de chegarem pessoas de fora, cada família cuidava da sua plantação e dos seus animais. As pessoas tinham o costume de trocar o dia de serviço na roça por feijão ou milho. Só os fazendeiros ofereciam trabalho com pagamento em dinheiro. Seu Ataliba contratava turmas para roçar pasto nos meses finais da chuva, de fevereiro a abril. Ele encomendava cercas e porteiras, tinha empregados para cuidar do gado, tirar leite e levar até a fábrica.

Com o turismo e os novos proprietários, o dinheiro não depende do leite. Mesmo assim, o preço do leite continua determinando salários e preços. O dia de serviço corresponde a uns vinte litros. O preço sobe um pouco no período da seca, de maio a outubro, quando há menos capim no pasto.

Mudam os hábitos. Na terra do leite e das quitandas, chegam iogurte e biscoitos industrializados. Chegam geladeira e televisão, poucas ainda. Entre as novidades desse ano, a melhor foi a inauguração de uma escola no vale vizinho, da quinta à oitava série.

CHEGADA

Desde que vim ao vale pela primeira vez, vivo nesse espaço rural e em São Paulo, alternadamente.
Como imaginar que uma viagem inocente iria me colocar diante de tal encruzilhada? Eu era advogada, vivia na cidade. Longe dos títulos e da formalidade dos escritórios de Direito, um dia acordei com o canto do galo em uma casinha caipira. Duas vidas em uma só: de um lado, o aroma da flor de laranjeira no quintal, de outro, o perfume da moda recém-lançado.
Por um momento, mergulhei em cenas daquele dia definitivo.
Saindo da estrada principal, que era uma reta só, peguei o mapa. Procurei o rumo pelo nome das cidades que conhecia. Eram poucas. De uma forma quase intuitiva, encontrei o caminho. Sozinha. O verde da paisagem tornava mais leve uma onda de pensamentos confusos. Estava vulnerável demais para comemorar a súbita semana de férias no campo.
Dirigindo, via imagens dos últimos dias. O dono do escritório onde eu trabalhava com uma lista sem fim de todos os meus defeitos. Lágrimas e a tentativa de palavras contra tamanha covardia. Depois, a conversa com Pepe. Mais lágrimas. Dessa vez, sem nenhuma palavra.

O CHORO SALGADO E INTENSO,
DE GOTAS TÃO DENSAS,
PELA TEIA PENETROU.

FORAM TANTAS AS VIBRAÇÕES,
QUE DE LONGE SE VIA O BRILHO.

POR CADA FILAMENTO
FOI PASSANDO UMA GOTA.
QUE ERA GOTA E ERA TEIA.
QUE ERA LUA E ERA ESTRELA.

Na fronteira, diante da placa indicando o estado de Minas Gerais, desci do carro. Do alto da serra, olhei para a linha do horizonte. Levantei a cabeça. Se o relacionamento tivesse que terminar, que terminasse. "Se já não havia amor" foi o que disse Pepe. Tantos ideais. Sonhos que se desmancharam. Sem filhos. Eu não queria a separação. Também não queria sair do trabalho. Resolveram por mim. Recolhi pedacinhos do que sobrou daqueles anos. Só então vi as crianças com as cestinhas de framboesas. Voltei para a estrada. Mais curvas. Menos confusão. Mudou o ritmo da música que eu ouvia: *On the road again*.[2] Antes, tocava: *Yes, I lost my way*.[3]

Passaram quilômetros e a hora. Cheguei à cidade. Notei o movimento na praça. Subi pela rua ao lado da igreja. Casas do Brasil colônia, do tempo das minas de ouro. Terminou a cidade. Do asfalto, fui para a terra. Vacas, pequenos currais. Latões de leite na bifurcação. Logo veio a primeira subida. Ainda bem que não tinha muito barro. Deu para passar.

Desci do carro sete vezes para abrir e fechar porteiras. No fim da estrada, à direita, um casarão amarelo de taipa. Escada alta, de pedra. Acima da porta, a data: 1890. Estranhamente, aquele vale e as montanhas me pareceram familiares. À esquerda, uma placa: "Pousada". Mais adiante, outra placa: "Senhores hóspedes, deixem aqui a bagagem. Providenciaremos o transporte."

Deixei o carro. Mochila nas costas, atravessei a pequena ponte. Passei por um rebanho de carneiros ao lado de um cocho. No curral, uma seta indica a direção da pousada. A trilha me levou a um portão. Subi por um caminho rodeado de hortênsias. No terraço, toquei o sino.

Foi assim. Lembro de tudo muito bem: o arco-íris na montanha, o cheiro da terra molhada naquele mês de dezembro, dia quinze.

Vou contar o que aconteceu desde então e antes. Como o jeito de ver, ouvir e sentir varia muito de pessoa para pessoa e de época para época, então sempre existem muitos jeitos de olhar a mesma coisa.

---

(2) Na estrada novamente.
(3) Sim, eu perdi o caminho.

E não é verdade também que a coisa, só do olhar diferente, acaba mudando?
– Não é bem assim...
– Então, como é que é, Diego?
Vou recontar o que Diego me contou. Sou suspeita para dizer, mas ele era uma criança bem engraçadinha. Vi as fotos, o sorriso puro. No recontar, mudo alguma coisa. Peço licença para prosseguir.

SE ALGUÉM SE SENTIR OFENDIDO
PELA MINHA FALTA DE JEITO,
DESDE JÁ PEÇO DESCULPAS,
PORQUE ESCREVO É COM RESPEITO.

MILHO

Ia um atrás do outro, burro e mula. O burro se chamava Lembrado. A mula era do vizinho, não tinha nome. Desciam pela trilha com os balaios cheios de milho. Balaios de bambu trançado, grandes, um de cada lado nos animais. No fim da fila, os irmãos: Cido e Diego. Era julho. O milho estava seco. Uma parte da colheita seria levada ao moinho para fazer fubá e canjica. O restante ficaria no paiol para alimentar a criação.

No caminho, o pai encontrou um conhecido. Ficou um pouco para trás.

D. Hortênsia rachava lenha quando escutou o movimento dos filhos na trilha. Foi o tempo de dar o soro do leite com restos de comida para os porcos, e os meninos apontaram na porteira de cima. Foram algumas viagens até a roça, ao pé da serra. Levaram a última carga para o terreiro em volta da casa.

– Faz dias que tá frio, e hoje pegou a ventar. Não demora a cair geada.

Na cozinha, era bom o cheiro do tempero: cebola e alho fritos na gordura de porco. Seu Palmiro ajeitou o lampião e sentou no banquinho por cima do fogão de lenha, apoiando as costas contra a parede. Fazia uma semana que tinha substituído o farolete de bambu, que também queimava com querosene, mas iluminava menos. Com as mãos, as crianças projetavam figuras de sombra na parede: um índio com uma pena na cabeça, um lobo abrindo a boca feroz, coisas assim, da imaginação. Jairo, o caçula, dormia no colo de Joana. Janice e Joseila ajudavam a mãe com a comida: arroz, feijão com lingüiça, couve e angu.

Seu Palmiro foi o primeiro a se servir. Com a cuia no colo, falou:

– De manhã, os macacos foram até a roça pegar milho. Amarraram as espigas umas nas outras. Quando nós chegamos, um macaco gorila assobiou. Era o vigia. De riba da árvore, deu o sinal de alerta pros outros. Coloquei fogo no pavio e soltei os foguetes. Foram três estouros. O eco repetiu nas montanhas: tuu, ta, ta, ta... Os macacos fugiram correndo e pulando. Os maiores carregaram os filhotes nas costas. Com o susto, deixaram o milho.

Depois do jantar, as crianças foram para o quarto. Juliano e

Diego dormiam na mesma cama.
– Quando é que o pai vai plantar milho?
– No mês de outubro, Juliano. Dessa vez, você vai ajudar. É muita semente pra jogar na terra. O pai faz as covas e nós jogamos as sementes, três ou quatro em cada cova. Se os pássaros comerem alguma, ainda sobra. Nós plantamos e eles ficam em volta cantando: "Planta milho, planta feijão. Quem planta, colhe. Quem planta, colhe." Onde vê uma roça sem plantio, o sabiá laranjeira canta: "Por que não plantou, bobo?" Ele voa de uma árvore pra outra olhando a terra. Procura minhocas. O jacu tem a voz grossa: "Você planta, eu ranco."

Cido entrou na conversa.
– No livro da escola, o pé de feijão chega até as nuvens. Como é que pode uma coisa dessas? Na história que a professora contou, João subiu pelo pé de feijão até o castelo do gigante, nas nuvens. O gigante tinha uma galinha que botava ovos de ouro! Vou falar pro pai plantar desse feijão.
– O feijão que cresce subindo na bandeira do milho chega mesmo até o céu?

Juliano ficou sem resposta. Sonhou que estava na cidade vendendo o burro.
– Lembrado, vem.

Foram três dias de colheita. Cido e Diego faltaram à escola para ajudar o pai. Os meninos tiravam as espigas e quebravam os pés de milho. Deixavam uns poucos sem quebrar, indicando o lugar das espigas. De longe, o pai via a bandeira do pé de milho. Com um balainho, juntava o milho em um monte só. Cada vez que esvaziava o balainho, separava uma espiga. Assim, fazia a contagem para a divisão da colheita. Metade da produção ficava com seu Ataliba, dono da terra.

Por fim, faltava só a colheita do feijão lastrador, que não era muito. Bastava um dia de trabalho.

No dia seguinte, seu Palmiro mandou Diego pegar o burro no pasto. Foi só o menino chegar perto para o animal murchar as orelhas e querer morder. Com medo, Diego subiu em uma jabuticabeira.
– Filho, você precisa conversar com o burro.

Seu Palmiro falava uma vez e o burro vinha.
– Lembrado, vem.

FEIJÃO

Ia um animal atrás do outro, burro e mula. Subiam pela trilha. Cido e Diego iam de pé dentro dos balaios. Um de cada lado do burro. O pai ia atrás.

– Lembrado, vamos. Vamos.

No lugar da plantação, jacus, pombos e pequenos roedores procuravam grãos de milho na terra. Seu Palmiro e os filhos colheram as vagens entrelaçadas nos pés de milho tombados pelo chão. Em uma só viagem, trouxeram tudo. À noite, para debulhar a vagem, o pai bateu no saco de colheita com uma madeira. Todos ajudaram a limpar o feijão.

Plantado na mesma roça, mas em quantidade maior, o feijão rasteiro era colhido antes. Para terminar de secar, ficava uns dias em um andaime de bambu montado no lugar da plantação, na direção do sol nascente. Seu Palmiro e D. Hortênsia batiam esse feijão no terreiro. A vara comprida de cambuí vergava. Os filhos ajudavam. D. Hortênsia separava a palha do feijão formando dois montes. As crianças viravam cambalhota na palha das vagens. Desse jeito, inventavam um divertimento no trabalho.

De vez em quando, seu Palmiro pensava no mundo moderno. Para ele, moderno eram todas as novidades, desde o batom, que antes as moças da roça não usavam. Costumava falar da mudança para os filhos.

– Esse mundo que vocês conhecem vai acabar.

Ele mesmo não tinha curiosidade nenhuma de ver a tal da mudança.

Na lembrança de Diego, antes de chegarem Fernando e outros homens de fora com o cabelo comprido, o pai já previa a vinda deles.

– O povo cabeludo tá pra chegar por aqui.

Importante para seu Palmiro era o plantio, a criação de vacas, galinhas, porcos e carneiros. Saía cedo de casa com o machado e uma foice. Só voltava ao anoitecer. Seu trabalho seguia o ritmo da natureza. Tinha orgulho da colheita farta. Plantava feijão serra azul, pardinho, preto...

– Feijão-preto é bom com mocotó de porco.

De cada colheita, separava uma quantidade de sementes para o plantio no ano seguinte.

Debulhava as pontas da espiga de milho separando os grãos graúdos do meio.

– Esse é pra não acabar a raça.

Ele gostava de andar pela roça.

– Vou ver se o milho cresceu. Não posso deixar o mato tomar conta, essa plantação é minha esperança.

Da roça ia para a mata à procura de madeira. Não havia no vale quem fizesse melhor os trabalhos de carpinteiro e construtor.

A mudança veio pela estrada. No início, era só um caminho cheio de buracos para a tropa de burros. Até nos meses secos, ficavam as marcas do estrago da época de chuva.

CABELUDO

Fizeram o prolongamento da estrada até o vale aproveitando um caminho de carro de boi. Por ali, nessa época, quase que só passava a tropa de burros e, em alguns trechos, o carro de boi. Em frente ao Pico, se escutava o carro do seu Alípio transportando produtos da roça, madeira ou pedras.

– Piu uiu. Piuuiii.

O eixo produzia diferentes cantos com o movimento das rodas maciças, feitas de um único tronco de árvore com um aro de ferro. Mateus passava banha de porco para amaciar o atrito. Ia à frente do carro, ajudando o pai. Com a vara de ferrão, indicava o caminho.

– Vem, Rochedo. Fazendão, vem.

Cada junta de bois ficava sempre na mesma posição, dois bois amigos com o pescoço entre as abas de uma mesma canga, cada um do lado preferido. Estranhavam qualquer mudança.

Atrás, vinha seu Alípio com um ferrão maior.

Fernando veio de jipe pela estrada. Veio só. Era difícil passar por tantos buracos e subidas, mesmo de jipe.

– No começo, o pessoal estranhou meu cabelo comprido até o ombro. Logo fiz amizade com todos. Não pensei em fazer propaganda do vale para trazer gente de fora, mas atrás de mim vieram outros. Pensei primeiro no estudo para as crianças. Eu trabalhava com educação em Belo Horizonte. Tive um colégio. Vendi o colégio com a idéia de me mudar pro vale. Fui à casa do seu Palmiro contratar a construção da escola. Foi assim que nos conhecemos. Fui com Custódio, irmão dele. Os dois trabalhavam juntos.

– Quer dizer então que vai ter escola aqui no vale?

– O vale merece bons recursos, seu Palmiro. A escola vai ter duas classes. Quem estiver mais adiantado entra na turma do terceiro e quarto ano. Depois, quero fazer uma pousada e uma capela perto da paineira.

O novo morador trouxe o fio que ligou aquele mundo ao da cidade grande.

Até hoje Fernando mantém a barba, já grisalha, e os ideais que o levaram para a política. O mesmo olhar atento, com os olhos muito azuis. Sempre com um chapéu marrom, de pêlo de lebre.

Fernando se casou com uma das professoras, a Dina. Ela trouxe o conhecimento dos mais velhos para a escola.

– Gosto de chamar D. Zaíra pra ensinar seu trabalho às crianças. Ela é fiandeira. Ensina a lavar a lã do carneiro, cardar, tingir e fazer o fio com a roca. Ensinou filhos e sobrinhos. Diz que vai ensinar os netos. Ela não foi à escola quando era criança, nunca aprendeu a ler e é boa professora. Também gosto de ir com os alunos à casa da D. Hortênsia. Lá, as crianças anotam receitas, assam broas e bolos no forno de barro. Fazem doce com pêssego do quintal... Com a ajuda do seu Nicanor, fizemos uma horta entre as salas de aula e o campinho do recreio. As crianças fazem canteiros, regam e colhem verduras. A escola não pode ficar só na sala de aula. Passo exercício de Matemática embaixo dos pinheiros enquanto os alunos catam pinhão.

Foi a partir da escola que as crianças começaram a usar sapatos, pelo menos para ir à aula. Antes, andavam quase sempre descalças, até na época do frio.

– No início, uma senhora mandava todos os anos uma muda de roupa nova, calçados, botas de borracha e capas de chuva para cada um dos alunos. A gente media os pés das crianças com uma fita métrica. Até hoje, a escola recebe ajuda de pessoas de fora.

Diego teve dificuldade para aprender Português e Matemática, até porque faltava muito às aulas. Vendo uma fotografia daquela época, dá para sentir a importância que teve em sua vida o pouco tempo que passou pela escola. Dina me deu uma foto com os alunos em frente às salas de aula. Alguns já são pais e mães. A foto mostra o sorriso inocente, um ou outro com um jeito encabulado. Todos confiantes, com colares de sementes no pescoço.

Para fazer graça, de vez em quando, Diego canta alguma das canções que aprendeu na escola.

VAMOS DAR A DESPEDIDA
COMO FAZ O SABIÁ
VAI SAINDO, VAI DIZENDO
ATÉ LOGO, ATÉ AMANHÃ.[4]

Recentemente, em um *show* de viola em São Paulo, Diego identificou outra música que cantava com as professoras.

EEEEIAAAA, ÊEEE VACA ESTRELA,
ÔOOOO BOI FUBÁ
NÃO NASCEU CAPIM NO CAMPO
PARA O GADO SUSTENTAR.[5]

Francisco também tinha o cabelo comprido. Veio morar no vale pouco depois do irmão. Ele desenha, pinta, canta, faz mosaicos... Trouxe a arte e o teatro para a escola. Os irmãos fizeram a pousada e a capela no alto de uma colina, em uma área rodeada de pastos.

Durante a construção da capela, Juliano sofreu um acidente. Os homens estavam fazendo a base com pedras. Juliano gostava de ver as pedras rolando morro abaixo. Nesse dia, depois de beber água em uma nascente, quando voltava ao lugar onde os homens estavam, uma pedra grande desceu em sua direção. Ninguém tinha visto Juliano passar. Por alguns metros, rolaram o menino e a pedra. Ele se machucou, fez um corte fundo na barriga. Dina fez o curativo.

[4] canção infantil popular
[5] canção de Patativa do Assaré

COMEÇAR DE NOVO

Tem sido um desafio escrever sobre a vida no vale. Ou será que o desafio é viver no vale? Pela minha natureza, tendo a mascarar os conflitos, como se não existissem. Se eu fosse pintar uma cena da natureza, escolheria primeiro as cores suaves do sol que nasce. Só depois, talvez me lembrasse dos tons escuros de uma tempestade. Esse é o meu jeito de tentar escapar da realidade, idealizando as situações. Não sei lidar com conflitos, não sei lidar com meus sentimentos confusos, contraditórios.

Diego não corresponde às expectativas da menina mimada que fui, e nem da mulher que carrega a menina mimada e o peso de sonhos e fantasmas fechados em algum lugar na casa dos pais. Eu não imaginava a força dessas referências de família. Se em outras situações da vida sempre tive argumentos para conciliar minhas escolhas com a aprovação dos pais, na decisão de me casar com Diego isso não aconteceu. Fiquei como uma parede entre minha família e Diego, absorvendo e criando choques dos dois lados.

As dúvidas e, quem sabe, até o preconceito, têm razões que a razão desconhece. Insegura, procuro superar minhas limitações de entendimento. Para onde foi a paixão do início do casamento?

Diante de tantas contradições, com esse meu jeito de madame, quero que Diego atenda minhas necessidades. O que bate mais fundo?

Acordei de mau humor. Logo cedo, discuti com Diego.

– Afinal, até quando você vai esperar pra subir no telhado? Não agüento mais essa goteira toda vez que chove. A madeira do forro está apodrecendo.

Diego não gostou do tom autoritário.

Não gostei do silêncio. Eu queria briga. A reclamação do telhado era só um pretexto, o primeiro item de uma lista, que era uma declaração de guerra.

Fui para São Paulo. Sem olhar para trás, mal vi o arco-íris que se formou em frente ao casarão.

À noite, procurei Teresa. Fomos jantar em um restaurante francês para levantar o ânimo.

Sou amiga de Teresa desde que saí da faculdade. Recém-formadas, trabalhamos juntas em um escritório de Direito. Sempre conversei com ela sobre minhas dificuldades, problemas mais concretos e questões existenciais. Acostumada a receber o colo da amiga, nunca parei para pensar que sabia tão pouco sobre sua vida. Uma vez, ela comentou que a mãe e as irmãs moravam no Paraná. O único irmão estava nos Estados Unidos. Não conheço os parentes de Teresa. No meu pensamento, sua história começava no ano em que nos conhecemos.

Durante o jantar, Teresa me ouviu.

– O pior é que não aceito Diego como ele é. Fico na esperança de que, um dia, a fada madrinha transforme a abóbora em carruagem...

No início, como era do seu jeito, Teresa brincou um pouco com o que eu falava.

– Não seria melhor transformar o sapo em príncipe com um beijo?

Depois, para minha surpresa, não vieram as palavras de apoio. Parecia incomodada com as minhas queixas. Terminou a conversa com um comentário frio.

– As oportunidades não são iguais.

Fiquei em São Paulo durante algumas semanas. Marquei reuniões de trabalho, paguei contas e resolvi assuntos pendentes, os mais variados, de pequenos consertos na casa a exames médicos. Com um sentido prático, procurei resolver as coisas mais fáceis primeiro. O movimento serviu para diminuir a ansiedade em relação ao que realmente ocupava minha atenção, o sentido do meu casamento.

Sinto que vivo em cima do muro, com um pé em cada canoa. Não existe uma expressão assim? Falta o compromisso. Sobra medo.

> A CANOA VIROU,
> POR DEIXAR ELA VIRAR.
> FOI POR CAUSA DA...
> QUE NÃO SOUBE REMAR.
> SIRIRI PRA CÁ, SIRIRI PRA LÁ,
> ... É VELHA E NÃO QUER CASAR.[6]

(6) canção infantil popular

Veio o canto na voz de muitas crianças e a imagem da brincadeira de roda, no tempo daqueles vestidos cor-de-rosa, amarelo-claros, alguns com laço na cintura. Os vestidos também rodavam.

– Pai, existe bicho-papão? E canoa furada existe?

CACHOEIRA

Diego não gosta do cheiro das vacas. Fica enjoado no curral, mas gosta de leite. Cedo, no frio da sua infância, de *short*, pés descalços na geada, ele deixava uma caneca de leite ao lado da casa.
– Virava gelo e eu tomava como sorvete. Nessa época, eu brincava de pegar os carneiros no laço. Sentava no macio da lã agarrado ao chifre. O carneiro dançava até me derrubar.
Diego tinha uns dez anos quando começou a levar pessoas de fora à cachoeira da Mata.
– Um dia, eu estava no terreiro e um casal me perguntou o caminho. Meu pai tinha uma roça de milho na direção da cachoeira, no fundo do vale. Fui pela trilha com o casal.
– Falta muito pra chegar?
– Tá pertinho.
– Não entendi bem o interesse daquelas pessoas andando à toa, só pra ver uma cachoeira, mas gostei da gorjeta.
Diego tem em casa um viveiro de mudas e um lindo jardim. Trabalha com plantas, faz artesanato e móveis. Guia os visitantes do vale em passeios a cavalo e caminhadas pelas montanhas. Mantém abertas as trilhas e dá nome às cachoeiras: Pica-pau, Arco-íris, Verônica... Os pais ficam sossegados quando os filhos pequenos estão com ele. Trabalha principalmente com os hóspedes da pousada dos irmãos Francisco e Fernando. Foi lá mesmo que nos conhecemos. Ele veio em um cavalo branco e me levou para um passeio, e outro, e outro.
A natureza do vale traz paz e repouso, especialmente aos que chegam estressados. Foi o que aconteceu comigo.

Por um instante,

não é mais a mesma gota,
que virou espuma branca
e espirrou para o alto, solta.
Descendo a cachoeira, canta.

Sobre a pedra molhada
vai no ritmo da estação.
No inverno quase nada.
Muita água no verão.

BALAINHO

– Quando eu era pequeno, minha mãe me colocava dentro de um balaio pendurado na parede de fora do paiol. Eu ficava quieto, sem conseguir sair, às vezes até dormia ali. Só reclamava quando percebia alguma visita se aproximando da casa. Tinha vergonha de me verem preso no balaio. Eu nasci dentro de um balainho fechado, demorei a sair. Por volta dos catorze anos me soltei mais. Até os dez, onze, eu não era feliz. Costumava ter pesadelos à noite. Ia pra escola preocupado. Não acompanhava as aulas. Um dia, o pai conversou comigo.
– Você ou estuda ou trabalha. Se não for pra levar a sério o estudo, é melhor trabalhar.
– Fui trabalhar pro seu Ataliba. Levava o leite até o laticínio. Antes, só trabalhava com meu pai, principalmente na roça.
Para Diego, ganhar dinheiro era mais importante do que o estudo. Ajudava nas despesas da casa. Pagava metade da conta do armazém. Fazendo isso, desde criança, já se sentia com a responsabilidade de um homem adulto.
Tão perto de Diego, ainda assim, pouco sei dos seus sentimentos mais profundos. Posso perceber somente uma parte do que quer e quase nada dos seus medos e conflitos. Com as palavras que conheço, dou nome ao que imagino ser um desejo de modificar o ambiente em que nasceu, talvez transcender uma circunstância de vida. Pode ter sido essa a motivação para estar em contato com pessoas de fora. Trabalhando com turismo, convive com os diferentes grupos de visitantes e moradores do vale, pessoas com interesses e objetivos bem variados.
Diego sonhou que se casaria com uma mulher de fora. O que sonhou aconteceu. Eu não sei matar nem depenar uma galinha, não sei cuidar de porcos, não sei nada da vida e do trabalho na roça. Teria sido melhor para Diego o casamento com uma mulher que fosse como sua mãe e suas irmãs? Uma mulher que fosse mãe?
Pouco antes de nos casarmos, Diego viu pela primeira vez o mar, o nascer e o pôr-do-sol (no vale, o sol se esconde atrás das montanhas). Pouco antes de nos casarmos, foi a São Paulo pela

primeira vez. No ambiente em que nasci, as diferenças entre nós se acentuam e eu não sei lidar com isso. Em São Paulo, comparo o que não é comparável. Fora do seu mundo, Diego deixa de ser o herói que conhece a floresta, plantas e animais, o guia que impressiona tão bem os hóspedes da pousada.

Quando peço para Diego me falar dos seus desejos, fala com poucas palavras.

– Quero ficar do jeito que sou mesmo.

Sei que ele tem sonhos de ser pai. Imagino uma menina, nenezinha, nos meus braços... Por que o natural da vida parece tão longe para nós? O problema está comigo, uma espécie de bloqueio no movimento de dar e receber amor, de dar e receber vida. Carrego tantas culpas e cargas que nem existem e, pior, tanta insegurança.

SACI

Terminada a colheita, Diego foi trabalhar de leiteiro.
— Saci gosta de enrolar a crina dos cavalos. Costuma aparecer saci perto do laticínio.
Era essa a conversa no retiro.
— Quando a ventania quase toca a pessoa de derrubar, é o saci. A pessoa tem que falar: "Comadre e compadre passaram aqui. Sai pra lá, saci!" Aí o saci fica com medo e corre.
Os homens colocaram os latões no burro cargueiro. Diego tinha que levar o leite até o laticínio, no arraial da Capivara, do outro lado da serra. Cismado com as histórias, pediu um chicote para seu Ataliba.
— Pra guiar o burro e me defender do saci.
Com o chicote na mão, foi pela trilha tocando o Serafim (era esse o nome do burro). Subiu o morro do Pouso Feliz. A viagem demorava uma hora. No laticínio, dois rapazes tiraram os latões. Criança ainda, Diego não agüentava o peso.
Todos os dias, fazia o mesmo caminho. Um dia, voltou com um bilhete para seu Ataliba.
— Aqui diz que o leite tá com cisco. Não pode ser, ô diacho! O leite sai daqui completamente limpo. Amanhã eu mesmo vou de leiteiro.
Tirou o leite e colocou as latas por cima do burro, uma de cada lado. Ao todo, cem litros.
No laticínio, destampou as latas. De repente, apareceu o saci sorrindo.
— Pena que Diego não veio. Eu gosto de criança e de brincadeira.
— Maldito saci! Você tava me sondando com o rabo do olho, escondido. Por sua causa tive que vir até aqui. Ontem, você jogou cisco no leite, mas hoje não conseguiu. Sai pra lá, seu maldito!
Diego ia a pé até o laticínio. Aos poucos, amansou o burro e conseguiu garupa.
O saci continua fazendo travessuras. Esconde coisas dentro de casa e acende fogo no mato. Em dias de muito vento, fica no

meio do rodamoinho, pulando em uma perna só. Quem já viu conta que ele ri de um jeito matreiro, com o cachimbo no canto da boca, sempre com o gorro vermelho.

FAZENDEIRO

Seu Ataliba herdou a fazenda do pai. Morava no casarão à entrada do vale, no meio de gatos, cachorros, galinhas e vacas. Conversava com os animais. Todos tinham nome.
– Mimosa, Fortuna. Vou partar o gado.
Não se casou nem teve filhos. Dizem que não se interessou por casamento para a mulher não herdar a fazenda. Ele mesmo contava isso.
Uma vez, andou pelo vale uma mulher que, segundo dizem, jogou uma conversa para ficar com ele.
– Eu não quero saber de mulher. Mulher só dá trabalho!
Em casa, fazia mingau de fubá e ovos mexidos com queijo. Só pegava frango para vender.
– Aqui entra dinheiro e sai criação. O dinheiro tem que ser na hora. É desse jeito.
Nesse dia, ouviu um barulho na direção do galinheiro.
– As galinhas tão muito alvoroçadas. Vou sondar pela janela.
Os cachorros saíram acuando.
– Au, au, au.
– Pega!
Com a cartucheira na mão, parou no alto da escada.
– Vou ver se é bicho de duas ou quatro pernas. Lá vai fogo!
Sem que ninguém visse, seu Tonho pegou uma galinha e ainda convidou o patrão para o almoço.
Seu Ataliba agradeceu satisfeito.
– Galinha boa é essa!
Uma vez, D. Zaíra comprou uma dúzia de ovos do seu Ataliba.
– Eu trabalhava na casa do Fernando, ia fazer um bolo pra ele. Fui quebrar os ovos... oito estavam estragados. O Taliba ainda arranjou desculpa quando fui reclamar.
– Daqui saiu tudo bom.
Ele não se importava de usar uma bota de cano até o joelho em um dos pés e no outro uma botina de cano baixo.
– É desperdício jogar fora os calçados sem par.
Seu Ataliba tinha muito dinheiro miúdo. Cada vez que com-

prava alguma coisa, trocava uma nota grande por dinheiro miúdo. Prendia as notas com um elástico. Juntava tudo dentro de um saco plástico no bolso da calça.
– Se der chuva, não molha. Dinheiro tá difícil!
No bar, pedia uma ou duas doses de pinga. Não era de beber muito. Pagava uma pinga para um ou outro homem que tivesse trabalho começado na fazenda. Gostava de comer mortadela de tira-gosto. Na hora de pagar, mostrava o pacote.
– Vocês não têm dinheiro pra beber. Olha o dinheiro do Taliba.
Não colocava muito dinheiro no banco. Não confiava no governo. Guardava os pacotes de notas em um baú pesado, embaixo da cama. Fechava o baú com um cadeado antigo. Quando ia pagar os empregados, subia aquela bruta escada de pedra e entrava no casarão.
– Vou buscar o dinheiro.
Demorava a voltar. Os homens especulavam sobre a demora.
– Será que não consegue abrir o cadeado?
Do alto da escada, dava uma explicação.
– Dinheiro tá difícil, não pode soltar de qualquer maneira. É dinheiro suado!
Ia para a cidade com Diamante, um cavalo bravo que só ele conseguia montar.
– Vem, Diamante, velhaco.
No domingo, pegava a Rainha. Ia até o campo em frente ao Pico assistir ao jogo de futebol.
Rainha era uma mulinha branca, assustada. Não podia ver carro na estrada.
Uma vez, Diego amarrou um pedaço de plástico em uma cordinha e se escondeu na beira do caminho. Quando seu Ataliba passou com a mula, Diego puxou a cordinha. Assustada com o barulho, Rainha deu cada pulo para o alto, mas seu Ataliba não caiu.
– Aqui é cavaleiro que tá montado.
Outro dia, no mesmo lugar, seu Ataliba viu Diego escondido. Sem descer da mula, foi atrás dele com o chicote.
– Criança tentada não tem jeito.
Diego fugiu por baixo da cerca.

– Se você fizer aquilo de novo, vou chegar o reio.
As crianças eram travessas. Cido fez seu Ataliba cair dentro do rio. Nesse dia, como de costume, após a primeira ordenha, seu Ataliba levou o gado para um pasto no fundo do vale. Ele seguia sempre a mesma rotina de manejo, também nos fins de semana e dias santos. Voltou sozinho, a pé.
Cido deixou a ponte apoiada na beira do barranco. A ponte era uma tora solta.
– Seu Ataliba hoje vai tomar banho.
Seu Ataliba colocou primeiro um pé. Quando colocou o outro, a ponte escorregou para dentro do rio. Caíram a ponte e o homem. Isso aconteceu bem em frente à casa do Fernando.
– Maldito cabeludo! Você não conserta a ponte, não?
Com raiva, deu uma chicotada na rural estacionada embaixo de uma árvore. Nessa época, Fernando já tinha trocado o jipe.
Cido ficou escondido no meio de um junco que dá no brejo.

VACAS

Todo afeto, e ternura até, que seu Ataliba não mostrava no relacionamento com as pessoas, se escancarava no cuidado com as vacas. Elas respondiam com obediência e leite, muito leite.

– Conheço as vacas de boa produção e vida longa examinando o úbere, as patas e a garupa. Faço questão de acompanhar cada parição. Aooô. Generosa, vem. A vaca conhece a voz do dono. Essa uma aqui tá monjando. Quando o bezerro tá perto de nascer, olho a posição dele. Se tiver normal, o parto acontece naturalmente. Às vezes, demora algumas horas. O bezerro fica com a vaca até sair a placenta. Nos primeiros quinze dias de vida, recebe uma dieta de leite reforçada. Depois, vai pernoitar no pasto com os carrapatos, como os outros animais.

Quando ficava doente, seu Ataliba era capaz de discutir com o farmacêutico na cidade.

– Quero um remédio barato.

– Seu Ataliba, o senhor tem que seguir a receita do médico.

Já no caso de ter alguma vaca doente, insistia por medicamento melhor.

– Vaca é patrimônio, tenho que cuidar bem.

No mês de junho, o pasto fica seco e queimado pela geada. Permanece ruim até setembro, quando começa a chuva.

– Na época da seca, ponho ração de silagem no cocho.

Os empregados enchiam dois silos, um ao lado do casarão e outro no fundo do vale. Passavam com os burros carregados. Os pés de milho, cortados rente à terra, eram amarrados em feixes no lombo dos animais, as pontas vinham arrastando pelo chão.

– Seu Tonho usa uma máquina pra moer a cana de milho. Bota um capim mais doce junto com a folhagem e as espigas. Dentro do silo, mexe a ração com enxada. As crianças ajudam a socar. Pulam e viram cambalhota no macio da mistura. Terminado o trabalho, seu Tonho cobre o silo com uma lona e meio metro de areia. Pendura no teto do curral uma corda com uma espiga de milho. Deixa a ponta da espiga encostada na areia. Com o passar dos dias, pela distância entre a espiga e a areia, dá pra ver o tanto que a ração abaixa. Bem pisoada antes, abaixa menos. Depois de trinta dias no silo, a ração fica quente, com um cheiro doce pela fermentação, do jeito que as vacas gostam. As vacas deitam embaixo das árvores perto do curral. Sabem que o alimento está lá. Por causa do frio, ficam próximas umas das outras se aquecendo com o ar quente que soltam na respiração.

MILHO

Seu Palmiro plantava milho e feijão no Campo Alto, terra do seu Ataliba. Mudava o lugar da roça a cada três anos para a terra descansar.

Em um determinado ano, seu Ataliba não esperou o milho secar, adiantando a colheita.

Aborrecido, seu Palmiro comentou o caso com seu Lucas.

– Tô plantando de meia na terra do Taliba. Ainda não tá na hora de colher e ele todo dia pega um pouco de milho na plantação. Essas espigas eu peguei no cocho onde ele bota sal e comida pras vacas. Fui eu que arei, fiz a cerca. Esse milho eu plantei pra tratar de galinha, fazer fubá, pamonha, broa. Desse jeito, me dá prejuízo. Dá vontade de pegar um porrete pra resolver logo o assunto. O que é que eu faço com um homem desses, uai? Você tem alguma idéia, compadre?

Seu Lucas resolveu ajudar.

– Vou lá fazendo de conta que vou comprar seu milho.

Escondido no mato ao lado do casarão, seu Palmiro escutou a conversa.

– Ô Taliba.

– Entra pra cá, Lucas.

Conversa vai, conversa vem, depois de um tempo, seu Ataliba tirou o cigarro de palha do canto da boca.

– Então, você vai comprar o milho do Palmiro, ô diacho? Já negociou o preço? É milho especial de bom. É difícil uma terra dar milho assim. Eu tenho um curral do lado de cima da roça. Quando chove, a água leva todo o esterco pra plantação, aí que aduba mesmo.

Seu Lucas dava pistas do tom da conversa sem responder as perguntas.

– No momento, estou mais é fiscalizando a roça...

Seu Ataliba continuou.

– O Palmiro teve aqui ontem. Veio contar prosa. Disse que eu tava colhendo milho fora da época de dividir. Às vezes, cai um pé, outro. Eu acho que colher uma espiga não faz falta pra ninguém. Vou mostrar onde eu quebrei o milho. Olha só pra você

ver. Formou um brejo por causa da chuva, tá muito úmido. Tem que pegar o milho pra não perder.
Diante das explicações, seu Lucas voltou a falar, bem sério.
– E se der uma ventania e derrubar metade da roça?
– Aí não tem jeito, tem que chamar quem plantou. Sou homem bom. Moro no vale há tantos anos... Dou terra pra todo mundo plantar, terra de primeira qualidade. Sou meio sistemático, mas sou respeitado. Quem dá respeito, ganha respeito. Quem chega com maldade, ganha maldade.
Percebendo que o recado estava dado, seu Lucas encerrou o assunto.
– Taliba, eu vou pra casa, antes de escurecer mais. Vamos pra lá?
– É cedo ainda. Nem bem chegou, já tá indo embora. Toma um café com farinha de milho. Tá bem torrada a farinha.
Seu Ataliba não mexeu mais na plantação. Só depois da colheita e divisão do milho, voltou ao assunto.
– O Lucas não comprou o milho nada, só comprou na conversa.

CONVERSA

Seu Ataliba podia ser sistemático, como dizem, mas era respeitado por todos no vale.
Era esse meu pensamento quando tocou o telefone. Desviei a atenção do texto à minha frente, na tela do computador. Por um momento, deixei seu Ataliba no passado, quando ainda tinha um curral ao lado do casarão.
– Cido? Quem falou pra você que estou em São Paulo?
Marcamos um encontro no fim da tarde em uma lanchonete perto do prédio onde Teresa mora.
Cido estava entusiasmado.
– Soube do concurso por um programa de rádio. Mandei uma música gravada em fita. E não é que foi selecionada? Se eu ganhar, minha música entra em um CD, uma coletânea, só música sertaneja. O dinheiro do prêmio é bom.
Ele parecia satisfeito com a vida na cidade, embora sentisse falta dos amigos e dos campeonatos de futebol em Minas.
– Jogo todos os domingos em um parque, mas é diferente, não tem tanta amizade. Uma vez, fui assistir a uma partida do Corinthians no estádio do Pacaembu. Foi bom demais! Vi o gramado imenso, dribles e passes de um jogão, com o estádio lotado.
Enquanto conversávamos, chegou Teresa. Viu meu carro em frente ao prédio e acabou nos descobrindo na lanchonete.
Reunidos os três em volta da mesa, conforme descia o gelado da cerveja, a conversa esquentava.
Pela primeira vez, Teresa e eu conversamos sobre coisas do escondido de nossas vidas. Quando entramos pelo corredor dos assuntos trancados, encontramos no primeiro cômodo a frustração por não sermos mães.
– Será que isso vai acontecer? Ainda dá tempo?
Cido ouvia sem nenhum comentário.
Acostumada a planejar e a decidir questões complexas no trabalho, Teresa lamentou sua incompetência nos assuntos pessoais, principalmente nas questões afetivas.
– Não sei como aprofundar o relacionamento com o Carlos. Tenho medo de mostrar meus sentimentos.

Teresa falou sobre a infância no Paraná.
– Trabalhei como bóia-fria cortando cana. Passei fome. Em casa, faltava dinheiro até para o arroz com feijão. Não contei isso pra ninguém, nem pro Carlos, nem pro meu analista. Meu pai veio da Itália, não tinha família no Brasil. Quando morreu, fomos pra cidade. Viúva, com os filhos pequenos, minha mãe foi morar com a irmã. Fazia almoço para os operários de uma fábrica. Mesmo trabalhando duro, ela não deu conta de pagar as despesas. Voltou com meus irmãos para o campo. Eu fiquei com minha tia pra continuar os estudos. Sou a filha mais velha.

Vendo Teresa tão cuidada, sempre elegante com roupas de grife, freqüentando lugares sofisticados, como é que eu poderia imaginar que ela tivesse passado fome?
– Sinto vergonha pela pobreza daquela época.

Talvez quisesse esquecer o passado. Quando desviou o olhar, percebi em seu rosto, por trás da pele tão linda, sem marcas, uma expressão que misturava vergonha e raiva.

QUARESMA

Na quaresma, voltei para o vale. Encontrei o jardim florido e, de novidade, um caminho de pedras até a pequena cachoeira atrás da casa. Por conta das chuvas do verão, havia muita água nos dois riachos que formam o poço da cachoeira. Abri a tramela da porta da cozinha. Sobre o fogão de lenha, encontrei um vaso de bambu com macela e cipó. Ao lado, um bilhete: "Princesa, deixei o almoço pronto. Não pude esperar você. Fui pro alto da serra a cavalo com um grupo da pousada, Diego." Suspirei de saudade.

No fim da tarde, Diego foi surpreendido no portão por um cachorro. Olhava os cavalos, abanando o rabo. Lambeu as botas e as mãos de Diego, que se agachou no gramado.

Foi uma amiga de São Paulo quem me deu o Rex, filhote ainda, assim que desmamou.

Diego fechou com bambu um canto sob o beiral da cozinha. O lugar ficou parecendo uma toca. O cachorro dormia ali.

Em uma sexta-feira de lua cheia, Rex latiu muito.

Na manhã seguinte, D. Hortênsia passou em casa.

– Escutei uivos à noite. Será que o cachorro latiu por causa de lobisomem? Em noite de quaresma, é preciso ter cuidado. Em uma noite de quaresma, meu marido mais o compadre Lucas saíram deixando a porteira bater. Meu marido estranhou:

– A porteira bateu duas vezes, uai?!

– Eles foram jogar baralho no bar. Lá pelas tantas, um falou pro outro:

– Vamos embora, compadre. Tá ficando tarde, tá trovejando.

– Que nada. A noite é grande. Vamos jogar a última.

– Nisso, começou a gotear na mesa do jogo. Os dois olharam pra cima. O lobisomem quebrava as telhas e jogava os pedaços por cima da mesa.

– Vamos deixar tudo aí e sair correndo. Essa água não é de chuva, é o xixi do lobisomem.

– Correram pela trilha afora com o lobisomem atrás abanando as orelhas e roncando.

– Ru, ru, ru.

– Eram quase duas da madrugada quando o galo cantou. O lobisomem desapareceu. Os homens pararam em uma encruzilhada.
– Compadre, que susto. O que nos salvou foi o galo, uai. Não dá pra abusar não, o bicho orelhudo anda por aqui.
– Segundo o Palmiro, o lobisomem parecia um cachorro. Para o compadre, era tal qual um porco grande, mas ligeiro.
D. Hortênsia contou que, quando o galo canta fora de hora, depois das seis da tarde, é para espantar assombração ou lobisomem.
– O galo comanda o terreiro. Por isso não se deve comer carne de galo. Seria a mesma coisa que maltratar o dono da casa. O certo é deixar o galo ir até o último dia da vida dele, deixar morrer velho e enterrar.
– Se o lobisomem quiser entrar dentro de casa, tem que falar: "Lá vai a foice!" Aí ele corre. Quando o lobisomem chega em uma casa sexta à noite, se alguém falar pra ele voltar no dia seguinte, que vai dar uma cuinha de sal, o lobisomem volta como pessoa. Desse jeito, dá para saber quem se transforma em lobisomem.
– No Pouso Feliz, todo mundo sabe quem é o lobisomem. Uma vez, o homem veio visitar meu marido. Quando foi embora, estava escurecendo. Ele passou pela porteira e sumiu. No mesmo lugar, apareceu um porco correndo pro mato. À noite, todos escutaram um barulho no galinheiro. No dia seguinte, faltava uma galinha.

PELEJANDO

Encontrei seu Lucas parado diante de uma pequena cruz à beira da estrada, junto ao rio.
– Como é que vai, seu Lucas?
– Pelejando. A vida tá difícil. Lá onde eu tenho a roça de milho tem sauá, quati, porco-do-mato. Junta jacu, caba com tudo. É só prejuízo. Matar não pode, é proibido. Tenho que continuar com a plantação. Sou lavrador, dependo da terra pra viver. Não vejo a gente do campo se salvando com o turismo. Quem trabalha com turismo são os de fora e algum mais novo. Não posso reclamar da sorte. Meu avô vendeu uma fazenda pra evitar briga na divisão entre os filhos, que eram muitos. Depois do casamento, meu pai foi morar de favor. Tinha que trabalhar pro dono da casa, sem muita liberdade pra escolher o que fazer. Quando eu casei, fui morar numa casa do Taliba. Ficava na mata, no alto da serra. Era uma dificuldade pra ir e voltar. Se alguém da família ficasse doente, era capaz de morrer pelo tempo que demorava pra sair de lá a pé. Um dia, falei pro Taliba que eu precisava morar mais perto do recurso. Comprei dele essa terra. Paguei com seis vacas, um pouco de dinheiro e um dia de serviço. Foi bem pago. Tudo o que tenho foi conquistado com trabalho. Não recebi nada de graça. De herança ficou minha fé e a educação.
Seu Lucas falava pausadamente.
– Meu pai era cantador de reis e benzedor. Quando eu era criança, fui picado por uma cobra urutu. O recadeiro chegou na roça pra avisar meu pai, e ele já sabia. Mesmo distante, ele viu o que aconteceu. Foi logo dizendo pro homem que trouxe a notícia que eu estava bem, que já tinham matado a cobra. Meu pai era assim, via com os olhos do pensamento. Quando meu irmão mais velho desapareceu, em um dia de chuva, demorou pro pai ter a visão. Esse irmão era meio doente, coitado... Caiu da ponte ali na primeira capetinga. A água levou o corpo afogado um pouco adiante. Ninguém sabia do acontecido. Meu pai sonhou com o corpo do filho engastalhado em uma pedra na curva do rio. Ainda falou:

– Tá só o corpo, sem o espírito.
Seu Lucas apontou a pedra e uma pequena cruz fincada na terra, perto da cachoeira dos Anjos.
– Essa cruz marca o lugar. Meu irmão foi enterrado no cemitério da Jacutinga de Baixo. Pouco depois, morreu meu pai. Teve um enfarte. Isso foi há mais de vinte anos. O tempo passa e a gente não vê.
Procurei enxergar através dos olhos claros do seu Lucas.
Do brejo, o canto das saracuras anunciava chuva.
– Pote, quebrou dois potes. Cru, cru, cru. Cuá, cuá.

CHUVA

Era forte o barulho da água descendo a serra.
Olhando a chuva, me lembrei da casa do meu avô na praia, do quintal alagado em janeiro. Tempo de férias. Da janela do quarto, eu via as flores vermelhas e os pingos caindo do telhado. Acompanhando o muro, o bambuzal. Eu brincava com minha irmã de fazer barraca pendurando a roupa de cama no beliche. Os colchões eram de palha, as camas antigas, com molas.
Se essa casa da infância já era um mundo, com tantas portas, quartos e lembranças, o quintal era o espaço da fantasia. Deitada na forquilha da goiabeira, eu sonhava. Meus segredos ficavam entre o limoeiro, cheio de espinhos, e o chapéu-de-sol, minha árvore preferida. Na lembrança, subi no chapéu-de-sol, do mesmo jeito que eu subia antes. Dei um pulo para agarrar o galho mais baixo. Com o corpo suspenso, os pés caminharam verticalmente pelo tronco, até que deu para lançar a perna direita por cima desse galho e, com o apoio, trazer o corpo todo para cima. Vi o telhado da casa e o azul do mar a um quarteirão de distância.
De repente, sumiu o barulho das ondas. Alguém bateu palmas no portão.
– Ó de casa.
Desapareceu a criança descalça no último andar do chapéu-de-sol.
Olhando pela janela, não vi mais a chuva. Não percebi como o tempo passou tão depressa. Será que dormi? Diante do portão estava Roger. Passava o dia correndo entre as casas dos tios e avós montado em um cavalo de bambu.
– Bênção.
– Deus abençoe.
Nesse dia, estava sério, sem o bambu.
– Meu cavalo morreu.
Roger ficou pouco. Aproveitando a parada da chuva, saí de casa. Encontrei D. Hortênsia na horta. Caminhava com o corpo inclinado para a frente e as mãos atrás. Uma mão segurava o punho da outra junto às costas. Olhei para o paiol de madeira

sobre esteios de pedras. Olhei no terreiro o forno de barro, a bica e o lugar de bater a roupa, marcas da cultura caipira.

A paisagem mudava com a vinda de pessoas de fora.

Seu Nicanor me contou que, antes, era costume fazer fubá no monjolo.

– De primeiro, usava ter um monjolo nos arredores da casa junto a uma fonte de água corrente. Muitos dos mais novos nem conhecem, não há mais nenhum no vale. Era feito com madeira dura como o jacarandá. Quando o caixote do monjolo enche de água, o braço desce. Na volta, a ponta arredondada bate no pilão, socando os grãos de milho.

Seu Nicanor me contou que seu pai trabalhou como escravo.

– Abriu valas para marcar as divisas de terra. As valas tinham um metro de fundura e o mesmo tanto de largura. Até terminar o trabalho, os escravos dormiam no mato, no meio dos bichos.

Pelas contas que fiz, o pai do seu Nicanor, já falecido, nasceu depois da abolição da escravatura. Imaginei parentes dele vindo da África em um navio negreiro, uma bisavó ou um avô com homens e mulheres da tribo de um rei aprisionado no Sudão ou em Moçambique, quem pode saber? Por um instante, ouvi o som de atabaques e o canto em uma língua africana, o lamento de pessoas levadas à força para longe, sem volta.

– Seu Nicanor, de que país vieram seus ancestrais?

Não fiz a pergunta. Senti o peso do passado concentrado na casa, na família e no trabalho do seu Nicanor, o sofrimento de quem foi marcado pela herança do pelourinho.

Nem sempre as pessoas que moram em cidades grandes têm oportunidade de conversar com gente da roça. Os hóspedes da pousada se surpreendem ouvindo seu Nicanor. Ficam encantados com a sua sabedoria.

Eu caminhava com esse pensamento, quando escutei Roger me chamando. Veio correndo, montado no bambu.

– Ué, seu cavalo não tinha morrido?

– Dei remédio pra ele, ficou bom.

Nas histórias que Diego conta da sua infância, também Jairo, pai do Roger, não largava um cavalo de bambu. Diego brincava com o irmão caçula:

– Vamos fazer negócio, eu dou pra você um bezerro e fico com o seu animal.
Jairo não aceitava nenhuma proposta.
– O cavalo é novo, vale muito!

PORTEIRA

Em um desses dias do passado, era Jairo quem trotava com o bambu. No meio da manhã, ao ouvir o grito das galinhas, recolheu os ovos. Os ninhos formavam um redondo macio de capim e folhas pelo terreiro. Deixou um ovo em cada ninho para as galinhas voltarem ao mesmo lugar. Não mexeu no ninho embaixo do limoeiro, perto do paiol. Ali, era para a galinha chocar. Às vezes, a mãe colocava os ovos para chocar dentro de um balainho velho, que pendurava em algum arbusto.

D. Hortênsia e as crianças almoçaram por volta das dez e meia. Calculavam a hora pela altura do sol. Só o pai tinha relógio. Cido, Diego, Joseila, Joana e Juliano foram para a aula. Caminhavam durante quase uma hora até chegarem à escola, no Pouso Feliz. Antes da escola no vale, estudavam do meio-dia até as quatro da tarde. Na volta, as crianças gostavam de pegar laranja em um pomar no alto da trilha. Uma vez, o dono reclamou.

– Vocês estão chupando laranja verde. Espera aí... Ah, são os filhos do Palmiro.

Janice e Jairo ficaram em casa com a mãe. Janice, a filha maior, era quem mais ajudava nas tarefas da casa. Como perdia muitas aulas, não conseguia acompanhar o ritmo da classe. Várias vezes, abandonou o estudo para recomeçar no início do ano seguinte. Agora tinha desistido de vez. Via a mãe, que não sabia ler, fazer as contas sem lápis e papel, movendo os dedos dobrados, um por um, enquanto contava. Janice gostava de histórias. O pai contou como Noé salvou os animais do dilúvio construindo um barco. Mostrou no livro: carneiro e ovelha, galo e galinha, patos, porcos... animais que Janice conhecia e outros diferentes, como a girafa. Vendo a ilustração, Janice imaginou uma girafa descendo a montanha com cuidado para não prender o pescoço nos galhos das araucárias.

Seu Palmiro foi para a mata arranjar madeira. No caminho, observou o crescimento de uma figueira no tronco de uma araucária. Ele dizia que esse tipo de figueira é uma praga, que mata a outra árvore aos poucos.

– Ela cresce durante anos com as raízes entrelaçadas no tronco de outra árvore, até que pesada, com as raízes cheias de seiva, mata a outra. Caem as duas. A madeira da figueira não serve pra nada, mas a outra árvore pode ser jacarandá, cedro... Quando a semente é levada pelo vento ou pelos pássaros pra terra, a figueira que nasce não demora a cair, as raízes não afundam.

Andando, seu Palmiro ouvia os estalidos de galhos secos e o sopro do vento em ramos e folhas. Conhecia a floresta, cada árvore, e os animais. Atento, reconhecia vozes e o silêncio. Sabia que, a qualquer momento, poderia estar diante de perigo. E se encontrasse a onça de frente? Para espantar o medo, contava com sua intuição e conhecimento.

Dias antes, tinha examinado uma candeia no caminho da cachoeira da Mata. O tronco tortuoso tinha uns trinta centímetros de diâmetro. As raízes estavam soltas, para fora da terra. Seu Palmiro calculava que, no prazo de até dois anos, essa árvore iria secar. O solo ali era muito inclinado. Sempre estudava a situação antes de derrubar uma árvore. Normalmente, só derrubava a candeia seca.

Com o olhar, avaliou a altura do tronco. Percebeu que diminuía o brilho em volta da copa. Pegou o machado. Satisfeito, sentiu o braço leve. Era o sinal de que a escolha estava certa. Seguia a lei da natureza, sem ofensa. Com golpes certeiros, fez um corte fundo no tronco. Quando a lâmina do machado terminou de entrar até pouco mais da metade do cerne, a árvore estalou. Seu Palmiro foi para o outro lado do tronco com o machado. Derrubada a árvore, começou a preparar a madeira. Era para uma porteira, encomenda do seu Ataliba.

Sentou embaixo de um ingazeiro. Torcia o fruto, que parece um chifre de carneiro. Ia retirar a polpa branca e adocicada quando ouviu a voz do índio.

– Tem uma onça parda esfomeada seguindo seu rastro. Você faz barulho e finge que é muita gente. Assim, espanta a onça. Se correr, ela corre atrás.

Seu Palmiro foi imediatamente para a casa fazendo bastante barulho ao pisar nas folhas. Foi sem correr, obedecendo à voz que ouvia por dentro.

ONÇA

– Minha família é de raça pura, gente de coragem, não nego. Uma vez, a onça veio pra cima de mim. Fui pro lado de uma árvore. Quando chegou perto, catei o rabo dela e amarrei no tronco. Então, atirei. Depois de um tempo, o pêlo do bicho arrepiou. Deu pra comer carne de onça o mês inteiro. Cada serra tem somente uma onça. Anda e caça sozinha, marcando seu território.

Seu Tonho era caçador de onça dos antigos. Sempre levava vantagem nas histórias que contava. Quando soube do acontecido com o compadre Palmiro, partiu para o lugar indicado na floresta. Levou uma espingarda de carregar pela boca.

– A onça usa as garras pra caçar e trepar em árvore. A força de um tapa de onça, mesmo de garra encolhida, derruba a pessoa no chão. No rastro não aparece unha nem o quinto dedo das patas da frente. Esse dedo é menor e virado pra cima.

Perto da árvore derrubada, viu na trilha as pegadas frescas.

– É das grandes!

Chacoalhou a cabeça, balançando o chapéu.

– Hoje é dia de levar onça pra casa.

Seguiu pela trilha, já sentindo o cheiro do animal. Avançou com movimentos lentos e cuidadosos, a espingarda carregada, pronta para disparar fogo. Escutava a própria respiração, quase ofegante pelo estado de alerta. Observava tudo o que se passava ao seu redor. Quando dirigiu o olhar para a folhagem de um arbusto, percebeu atrás o vulto do felino. Fez pontaria e atirou. Aconteceu o imprevisível: a espingarda falhou nos dois canos. Ainda assim, seu Tonho levou a melhor, segundo conta. Venceu na corrida! Com a espingarda nas costas, só parou quando já estava seguro dentro de casa.

– A onça dá um bote ligeiro. Quando você vê, ela já atacou e pegou o bicho ou a pessoa. Rápida como relâmpago, é mais veloz que qualquer outro animal.

Seu Tonho teve sorte. Talvez, naquele momento, a onça estivesse de barriga cheia.

PACA, TATU, COTIA NÃO

No sábado, D. Hortênsia viu uma tropa de cavalos cruzando as montanhas a galope pelo alto da serra.
Chegaram pela trilha de baixo. Quatro homens. Espingarda pendurada no ombro, revólver na cintura, botas de cano longo com espora. Atrás dos cavalos, corriam os cachorros, seis. Eram de caça. Vinham de dois em dois, com as coleiras unidas por uma tira de couro. D. Hortênsia reconheceu Francisco Nestor perto da porteira. Ele fez um gesto de cumprimento com o chapéu.
– Boa tarde. A senhora tá boa? Cadê o Palmiro?
– Agorinha mesmo ele volta da roça. Acaba de chegar. Apeia.
Os homens se acomodaram na sala. Havia ali dois bancos compridos com as pranchas de madeira inclinadas para o meio do assento. No canto, um armário. Em cima, a imagem de Nossa Senhora Aparecida. Na parede, um quadro com a foto de D. Hortênsia e seu Palmiro no dia do casamento. João Nestor tirou do embornal um queijo e uma garrafa de pinga.
Juliano levou uma mistura de fubá e água para os cachorros. Ficou na escada do alpendre com Diego e Cido. Dali, ouviam a conversa na sala.
O sol terminava de baixar atrás das montanhas. Da trilha, seu Palmiro viu os cavalos. Apressou o passo, contente de saber que tinha visita em casa. Imaginou que fosse gente do Travessão. Cumprimentou cada um dos amigos. Perguntou pelos que não tinham vindo.
– O Zé Domingo tá bom? E o Chico Dias? Serrei madeira com ele.
Durante o jantar, era um que contava um caso, outro que emendava uma história, até que se lembraram da festa de Reis na casa do seu Palmiro, do forró que foi até o amanhecer.
– O Joca dava cada risadão que estufava até a veia do pescoço.
– Ficava sondando quem cochilava na festa. Quando um deitava no banco, ele amarrava a pessoa com uma corda.
– Época boa é essa. Espero que os mais novos tenham o

mesmo divertimento.

As crianças cederam as camas para os hóspedes e dormiram na sala.

Domingo foi o dia da caça. Logo após o café da manhã, seu Palmiro e os homens levaram os cachorros para a mata, do outro lado do rio. Francisco Nestor tocou o berrante imitando um latido:

– Aúuu, aúu, aúu.

Isso animou os cachorros. Farejaram o rastro das pacas. Cercadas, elas desceram para a beira do rio procurando esconderijo. Os cachorros correram latindo. Seguro do tiro certeiro, mirando a cabeça da paca maior, João Nestor lambeu o beiço.

– Hoje ninguém fica com o bico seco.

A uma distância de uns cinco metros, atirou. Quase ao mesmo tempo, dois homens também atiraram. Mataram três pacas.

Voltavam, quando o cachorro menor começou a latir, farejando o chão. Tirou um pouco da terra por cima de um buraco e puxou um tatu pelo rabo. Deixou o animal nos pés de João Nestor.

– Bom cachorro. Eu vi esse tatu correndo numa lerdeza medonha pra entrar no buraco.

D. Hortênsia cozinhou uma paca e o tatu para o almoço. Os caçadores salgaram o restante da carne. Deixaram a pele secando ao sol. Usavam para fazer embornal.

Animados pela fartura de comida e bebida, os homens se divertiram contando casos. Pouco antes do entardecer, foram embora. Quando viraram no alto da serra, João Nestor deu o sinal com o berrante.

– Buuu, buuuuu.

MADEIRA

Segunda-feira cedo, seu Palmiro foi para a mata onde estava a árvore derrubada. À medida que lidava com o tronco, o cheiro de candeia ficava mais forte. Com o machado, tirou a casca mais grossa, cheia de fissuras. Lavrada a madeira, construiria o estaleiro para tirar as tábuas.

Do alto de uma araucária, veio um canto estridente. Um tucano voou ao encontro da fêmea.

Concentrado, seu Palmiro continuou o trabalho. Ele tinha um jeito de índio. A pele era clara mas o olhar era de índio, por dentro.

No final da tarde, o céu estava com um tom rosa na direção do pico, sinal de seca.

Em casa, D. Hortênsia preparou a água para o banho em uma gamela grande de cedro, herança do sogro.

Por dois dias, a madeira ficou secando. Seu Palmiro voltou ao mesmo lugar com o compadre Lucas e Diego. Construíram o estaleiro. Colocaram a tora maior sobre dois troncos de pé escorados por galhos menores. Amarraram troncos e galhos com cipó.

Mediram a largura das pranchas e marcaram os lugares de corte. Esticaram uma linha lambuzada de carvão, de ponta a ponta na tora, marcando de onde sairiam as pranchas.

Na hora do corte, seu Palmiro colocou Diego por cima da tora com um cabo da serra. Ficou embaixo com o outro cabo. A serra tinha mais de um metro de extensão. Em cima, o menino não pegava o pó da madeira.

– Aprende de uma vez por todas, meu filho. Tem que aprender com os mais velhos. Isso quem me ensinou foi meu pai. Depois que os mais velhos morrerem, não vai ter com quem aprender. Solta o braço, Diego, senão a serra não entra na madeira. Tá bom por hoje. Agora é com o compadre Lucas. Puxa daí que eu puxo de cá, compadre.

MUTIRÃO

Voltando da mata, seu Palmiro viu um cavaleiro na trilha do arraial da Capivara.
– Esse que tá vindo no cavalo branco é capaz de ser o Custódio. Traz a viola junto às costas e uma bolsa no arreio.
Na bifurcação, o cavaleiro permaneceu na direção do vale.
Seu Palmiro enrolou um cigarro de palha e aguardou.
Chegou tio Custódio. Suspendeu ligeiramente a aba do chapéu. Conversaram um pouco e seguiram.
Com a batida da porteira, as crianças correram para o terreiro. O tio tirou um punhado de balas do embornal e jogou para o alto.
– É de quem pegar.
Seu Palmiro fazia a mesma coisa quando voltava da cidade ou passava pelo armazém.
Depois do casamento com D. Zaíra, tio Custódio foi morar com o sogro na Capivara. No ano seguinte, o sogro morreu. O tio ficou por lá cuidando da terra e das vacas.
– Eram quinze vacas leiteiras e cinco solteiras, ao todo vinte cabeças.
Os irmãos sentaram na cozinha.
– Volto pro vale. Dessa vez, vamos construir minha casa. A Zaíra mais as crianças vêm durante a semana no caminhão do laticínio. Vão trazer as malas e a mudança. O irmão da Zaíra tá voltando pra Capivara pra cuidar da criação.
– Vamos começar a obra com a ajuda do compadre Lucas. Até o primeiro mutirão, nós preparamos a madeira, o terreno e a estrutura da casa.
Tio Custódio dormiu no mesmo quarto em que dormia quando criança. Deitado na sua cama de menino, ele se lembrou do pai construindo a casa onde agora morava o irmão caçula com a família. Sonhou com o pai. No sonho, conversaram.
– Você faz a casa ao lado daquele roseiral de flor miúda onde tem uma nascente de água. Ali, eu construí minha primeira casa. Você nem nascido não era. Foi sua mãe quem plantou as roseiras. Ela costumava falar com plantas e animais na língua dos

índios. Deus abençoe você e sua família, filho.
Os irmãos cortaram a madeira na lua minguante, período em que está mais seca. Marcaram o melhor ponto do terreno considerando o caminho de acesso, o sol e a nascente. Riscaram no chão o esboço da planta. Para a área da cozinha, escolheram a parte mais elevada do terreno. Arrumaram o chão socando a terra com uma ferramenta que chamam de dama: um cabo com dois braços e a base quadrada. Levantaram os cômodos suspensos do solo, acompanhando a inclinação do terreno. Usaram candeia para os travamentos de cima e guatambu para a estrutura do baldrame, assentado sobre esteios de pedras sobrepostas. As telhas vieram de mula desde a olaria.
Até o dia previsto para o mutirão, a casa estava montada com as paredes abertas.
O mutirão era um acontecimento no vale. Todos foram convidados.
– Vai pro mutirão sábado. É de dia e de noite. De dia, a gente trabalha e à noite tem forró.
Vieram uns vinte homens. Para fazer o ripado, trabalhavam em dupla, um pelo lado de dentro, outro por fora da parede. Encaixaram os paus roliços de pinheirinho bravo nos buracos de travamento, descendo até o baldrame.
– Amarra aí, Tonho.
– Traz bambu!
– Cadê a pinga?
Amarraram as ripas de bambu trançadas nos paus roliços com cipó e embira, que é forte como o cipó e dura muito. Os cipós tinham ficado de molho na bica durante uma semana para amaciar. Fizeram as soleiras das portas e janelas de caibro de pinheiro.
Enquanto os homens trabalhavam na construção, D. Zaíra cozinhava o arroz e o feijão em um fogão improvisado, de pedra. D. Hortênsia e Janice ajudavam. O tio ainda não tinha criação no vale. Comprou um leitãozinho e alguns frangos para servir no almoço. Trouxe café e pinga do armazém.
À noite, o forró foi na casa do seu Palmiro. Teve canjiquinha com queijo, broa, pinga, dança e animação. Seu Tonho deu o tom com a sanfona e tio Custódio acompanhou com a viola. Os

dois cantaram. As moças que não queriam dançar se esconderam no quarto. Não era costume recusar pedido de dança.

Na hora de ir embora, tio Custódio chegou até o terraço para a despedida.

– Agradeço vocês pela ajuda e por terem vindo nessa festa. Uma mão lava a outra. O dia que vocês precisarem de mim, sabem onde me encontrar.

– Não se preocupe em agradecer.

– A amizade nossa é grande. Um precisa do outro.

Marcaram outro mutirão para o sábado seguinte.

– Todos são bem-vindos. Vamos barrear a casa.

BARRO NO PAU-A-PIQUE

Para formar um barro liguento, os homens cavoucaram a terra. Jogaram água e pisotearam descalços, revolvendo a lama.
– Vocês dançam no barro agora e de noite dançam na sala.
Formaram duas filas para rebocar as paredes. Aos pares, um de frente para o outro, miravam no mesmo vão da ripa e batiam o barro, por dentro e por fora da parede, de baixo para cima. Para fazer bagunça e provocar risadas, Seu Joca não batia o barro na mesma direção do companheiro. Com a cara cheia de lama, seu Tonho reclamou.
– Joca, faz as coisas direito, rapaz.
Enquanto os homens trabalhavam, Diego e outros meninos pulavam do barranco enterrando o corpo até a cintura na lama. D. Hortênsia repreendeu as crianças.
– Vão já se lavar no cano da bica!
Na semana seguinte, o barro secou. As mulheres passaram uma mistura de argila branca e cal nas paredes. Tio Custódio e seu Palmiro fizeram o assoalho da sala e dos quartos com tábuas de cedro.
A festa de inauguração da casa foi no dia de Nossa Senhora Aparecida. Vieram todos os moradores do vale. Muitos tinham ajudado na construção. Trouxeram frangos, carneiros e outros presentes para a família do tio Custódio. Soltaram os animais no terreiro.
Antes do forró, o rezador chamou todos para a sala.
– Vamos rezar o terço de São Gonçalo pra abençoar essa casa.
Rezaram dançando, um passo para frente, um passo para trás, todos juntos, um ao lado do outro.
Depois, cada um se ajoelhou em frente à imagem de Nossa Senhora.
Com o toque da sanfona, começou o forró.
Em cima da mesa, tinha broa, biscoito e café.
Nos dias que se seguiram, tio Custódio e D. Zaíra fizeram a horta. Plantaram mandioca, abóbora, batata, cenoura, couve e tomate.

No intervalo entre o trabalho de cozinhar, lavar e tudo o mais da casa, D. Zaíra sentava diante da roca com a lã cardada no colo. Jovem e bonita, sustentava a imagem dos seus sonhos fiando. Fiando, grudava a imagem do desejo na realidade de um casamento feliz, abençoado com filhos saudáveis. Mantinha o pensamento em coisas boas: fartura na colheita, mais carneiros, amizade entre todos no vale. Se falhasse a concentração, o fio poderia quebrar. Do fio, saíam novelos redondos, que unia em pencas para levar à tecedeira. Às vezes, levava a lã tingida com urucum ou anil. Voltavam cobertores e tecido que ela transformava em roupa de inverno para a família. O marido ficava muito elegante nos ternos que fazia. Pagava a tecedeira com uma parte da lã.

Ocupada com o trabalho, D. Zaíra deixava Conceição, a caçula, em um balainho. Jeremias, o filho do meio, distraía a nenê batendo no balaio com um galho. Desde pequeno, ele gostava de colocar música e ritmo nas brincadeiras.

Veio a época da chuva.

No dia seis de janeiro, a festa dos Santos Reis foi na casa nova.

Alguns dias antes da festa, uma vaca brava derrubou tio Custódio no pasto. Quase furou a barriga do tio. Por sorte ou providência, o corpo ficou entre os chifres da vaca, sem ser atingido. Nesse momento, chegou seu Tonho. Com uma das mãos, segurou com força um chifre. Com a outra, fechou as ventas da vaca.

– Salvei a vida do compadre.

Por conta da façanha, seu Tonho ficou conhecido como Toureiro.

COMPANHIA DE REIS

Doze anos depois, tio Custódio e D. Zaíra foram novamente festeiros de Reis.
As crianças crescem, os velhos ficam mais velhos e a festa não muda. Logo após o Natal até o dia cinco de janeiro, o grupo de músicos e o festeiro vão de casa em casa anunciando o nascimento de Jesus e convidando para a festa.
Tio Custódio fez uma promessa.
– Vou louvar Santos Reis pela saúde da minha filha.
Conceição tinha bronquite. D. Zaíra cuidava dela com ervas e remédios caseiros.
– Ninguém conseguiu curar a tosse e a falta de ar da minha filha. Já recorri a médicos, benzedeira...
D. Zaíra também fez promessa. Levou a filha até a igreja do Capão. Conceição foi na garupa do cavalo com uma fita amarela no pescoço. No altar da igreja, a imagem de São Lázaro ganhou mais uma fita.
– O santo é milagreiro.
A partir desse dia, a bronquite diminuiu. Pouco depois, tio Custódio fez a promessa da festa.
A companhia de Reis vinha pela trilha, tio Custódio à frente com a bandeira. Do terreiro onde trabalhava com uma madeira, seu Palmiro foi o primeiro a ouvir o toque da caixa. Entrou em casa, deixando a porta fechada, só para testar o conhecimento do mestre cantador.
Na cozinha, D. Hortênsia preparava a comida. Desde a véspera, um dos músicos tinha combinado de jantarem lá.
Lu era mestre experiente, filho de cantador. Sabia cantar Reis como os antigos. Vendo a porta fechada, iniciou o canto no terreiro, pedindo licença aos de dentro da casa.
Seu Palmiro convidou a companhia para entrar, recebendo a bandeira. Entre flores de papel e fitas com pedidos e agradecimentos, a pintura dos Santos Reis se destacava no tecido.
Ajoelhados diante do presépio, tocando violão, um de frente para o outro, Lu e Cido cantaram:

OH DEUS SALVE A CASA SANTA
ONDE DEUS FEZ SUA MORADA...

HOJE EU VIM ANUNCIANDO
UMA PARTE DO NASCIMENTO
DO DIA 24 A 25
O GALO DEU O SINAL
QUE NASCEU O MENINO DEUS
NA NOITE DE NATAL
E QUANDO OS TRÊS REIS SOUBERAM
PARTIRAM PRA BELÉM...

    O caçula de Janice não desgrudava da saia da mãe com medo dos palhaços. Eles usavam chapéu de palha, peruca e uma máscara feita com massa de papel. A camisa e a calça eram de um tecido florido, a mesma roupa, ano após ano. Dançavam jogando as pernas para o alto. Com luvas nas mãos, sacudiam um saquinho de moedas, disfarçando a voz.
    – Dá um troco, patrão.

OS TRÊS REIS FORAM GUIADOS
PELA ESTRELA DO ORIENTE...
A CRIANCINHA CHORAVA
PELO FRIO QUE FAZIA
A VACA COM SEU BAFO
O MENINO AQUECIA
BELCHIOR, BALTASAR
GASPAR E COMPANHIA
VISITARAM O DEUS MENINO
SANTÍSSIMO DE MARIA
NUM RANCHINHO DE SAPÉ

    Jeremias gritava no coro com voz aguda. Batia a caixa.
    Com a bandeira na mão, seu Palmiro ofereceu uma leitoa para a festa.

DEUS LHE PAGUE A BOA OFERTA
QUE O SENHOR DEU COM ALEGRIA

SANTOS REIS ABENÇOE O SENHOR
E A FAMÍLIA
DEUS LHE PAGUE A BOA PRENDA
QUE DEU COM BOM CORAÇÃO
SANTOS REIS FAZ UM MILAGRE
DE AUMENTAR SUA CRIAÇÃO

    D. Hortênsia colocou o dinheiro no chão e se ajoelhou, segurando a nota com o pé da bandeira. A primeira oferta foi em nome do seu pai, falecido. Os músicos iniciaram o agradecimento tocando todos os instrumentos de uma vez, sem interrupção: sanfona, pandeiro, caixa, viola e violão. Dessa vez, os palhaços não dançaram nem fizeram bagunça. D. Hortênsia ofereceu dois frangos.

AGRADEÇO A BOA PRENDA
QUE A DONA DA CASA DEU
SANTOS REIS FICOU CONTENTE
FOI ELE QUE RECEBEU

    Os palhaços comeram no quarto, longe de todos, sem as máscaras.
    Os da casa cederam suas camas e quartos para acomodar os homens da companhia de Reis.
    Na manhã seguinte, depois do café, os músicos cantaram o agradecimento pela acolhida. Convidaram para a festa e pediram a bandeira de volta.

A BANDEIRA ENTROU PELA PORTA
E DESPEDE PELA JANELA
ESTAMOS INDO PRA BEM LONGE
NÃO PODEMOS ANDAR SEM ELA[7]

---

(7) canção popular, Santos Reis, sul de Minas Gerais

PREPARATIVOS

No dia quatro de janeiro, os filhos do tio Custódio, Olavo e Jeremias, saíram com o burro recolhendo as últimas prendas. Encheram dois balaios. Pela estrada, encontraram gente tocando porcos e novilhos para a festa.
Na casa, o movimento era grande.
Tio Custódio refez a escada do alpendre. D. Zaíra retocou a cal das paredes. Alguns homens roçaram o terreiro, terminaram de ajeitar a lenha e os bambus.
Sentei com D. Hortênsia e Janice em uma sombra. Conversando, descascamos uma boa quantidade de alho, que foi socado com sal no pilão. As galinhas em volta procuravam alcançar a trança do alho.
No dia cinco, começou a matança dos animais: três garrotes, sete leitões, uns vinte frangos e patos. Quem não contribuiu com criação ofereceu vinho, feijão, açúcar, leite ou dinheiro. Muitas pessoas foram à casa do tio Custódio ajudar nos preparativos.
Diego fez a cerca de bambu dividindo as áreas de cozinhar e servir comida. Montaram duas mesas grandes. Antes, ficavam os homens de um lado e as mulheres do outro. Cobriram essa área com plástico por causa da chuva, freqüente em janeiro.
D. Zaíra, Janice e outras mulheres salgaram a carne dos leitões.
As pessoas se alternavam nas tarefas, entremeando brincadeira, conversa e merenda. D. Zaíra deixou na cozinha uma peneira com broas e bolo, um garrafão de vinho e um bule de café.
Um grupo cuidou de frangos e patos. Mergulhavam as aves na água quente e tiravam as penas. Uma pessoa segurava a ave pela cabeça, a outra, pelos pés.
— Eta pato velho, dificultoso pra depenar!
Até a noite, ainda havia carne assando no forno de barro, construído especialmente para a festa. Tio Custódio usou os torrões de dois cupinzeiros para fazer a abóbada, deixando na frente uma pequena boca. Assentou o forno em um estrado de madeira roliça sobre quatro troncos fincados no chão.

Dentro da casa, D. Hortênsia ajeitou a lenha para deixar o fogo brando. Com uma colher de pau, mexeu a cidra e o arroz doce nos tachos de ferro, guardados do tempo das festas que seu pai organizava. Doces lembranças. Os oitenta litros de doce foram colocados em dois latões de leite.

O DIA DA FESTA

No dia seis, D. Zaíra deixou o feijão cozinhando em um fogão de pedras no terreiro.
Por volta das onze horas, o movimento no lugar da festa era grande. Os convidados que chegaram a cavalo amarraram os animais na cerca de um campo.
Conceição, Joseila e Joana enfeitaram com flores os arcos de bambu.
A chegada da companhia de Reis foi na casa do Olavo, que morava ao lado do pai. Tinha se casado com Zumira, filha do seu Lucas. Pouco depois do meio-dia, Olavo soltou um foguete avisando da chegada dos foliões.
Diante do primeiro arco no terreiro, perto da casa do tio Custódio, os foliões cantaram a história do nascimento de Jesus e chegada dos Reis. Atravessaram os dois arcos de fora. As pessoas seguiram os músicos com devoção. Só os palhaços faziam brincadeiras. Pulavam no ritmo da música, batendo em cruz os cabos de bambu do chicote. Dançando, estalavam o reio no chão, procurando distrair e provocar as pessoas. Dizem que representam os espiões do rei Herodes, que quis matar Jesus.
No terceiro arco, havia um cortinado. Do lado da casa, estavam tio Custódio com a bandeira que mora no vale e D. Zaíra com uma imagem do menino Jesus. Foi o encontro das bandeiras. Conceição jogou pétalas de rosas sobre os músicos.
Da janela, Joana espiava um dos tocadores de viola, Mateus, filho do seu Alípio. Percebendo o interesse da moça, ele devolveu um olhar demorado na direção da janela. O coração de Joana bateu mais depressa. Sentiu seu corpo esquentando e um friozinho na barriga.

NAMORO

Na hora da comida, Mateus se afastou dos homens à procura de Joana. Ela estava na cozinha. Sentaram os dois perto do fogão. Quietos, com os pratos no colo, mal se olhavam. Jeremias passou servindo vinho.
Sem jeito, Joana puxou conversa com Mateus. Tinha ouvido um falatório a respeito do encontro de duas companhias pelo caminho. Mateus contou que os foliões do vale vizinho só andavam de noite, em lembrança aos Reis Magos, que se orientavam pelas estrelas. Em uma noite, a outra folia vinha da casa do seu Alípio. Mateus foi o primeiro a perceber o alferes deles saindo por detrás do pomar. Não foi possível evitar o encontro. Os dois alferes sabiam como fazer a saudação completa cruzando as bandeiras, por cima e por baixo, até juntar um cabo com outro. Se a saudação não fosse realizada corretamente, uma folia perderia a bandeira e as prendas para a outra, uma humilhação.
Mateus repetiu os gestos do encontro.
Joana estava apaixonada por ele. A conversa continuou com volteios, idas e vindas que pareciam a dança das bandeiras. Atenta, Joana procurava um sinal no olhar sedutor do músico. Ele estava acostumado a chamar atenção com a viola. Bastava um acorde ou dedilhado para provocar o suspiro das moças. Ela não queria expor seus sentimentos antes de completar o que equivalia ao cerimonial de uma saudação. Era como se ali estivesse em jogo a bandeira de tudo o que acreditava.
Logo começou o forró.
Mateus mudou a afinação da viola e foi tocar com os companheiros.
Nesse dia, Joana e Mateus começaram a namorar. Também nesse dia, começou minha história com Diego. Depois de uma dança, ele continuou segurando minha mão. Eu sentia a mão suar, esquentar, esfriar, tudo ao mesmo tempo. Depois de meses de resistência, deixei uma parte do medo de lado.
No dia seguinte ao da festa de Reis, as pessoas comentavam que tinham me visto com Diego na casa do tio Custódio.

– Agora é certeza. Diego, nascido e criado no vale, está namorando a paulista.

Desde o dia dessa festa de Reis, estamos aprendendo a sincronizar o passo de um ao passo do outro.

DE VENTO EM FLOR

Quando soprava o Vento,
a Flor sentia um friozinho por dentro.
Ficava feliz.
Balançando-se ao Vento, brincava de ser caminhante.
Ia pra frente e pra trás
num movimento às vezes rápido, às vezes suave.

Quando o Vento estava longe,
a Flor sentia saudades.
Vivia em sonhos emoções e lembranças.
Pensava que um dia iria sair daquele ponto da Terra.
Iria caminhar flutuando,
levada pelo Vento para além do Jardim.
Iria com o Vento para o lugar do Mistério.

Quando o Vento voltava, era novamente o balanço,
pra frente e pra trás.
Às vezes chovia.
A Flor molhada sentia frio.
Depois secava ao Sol.
O Vento desaparecia.

Quando o Vento falava,
espalhava histórias
entre Montanhas, Céu, Floresta e Rios.

Na Primavera, a Flor renasceu
em sua beleza.
Preparou-se para um encontro diferente.
Com um perfume delicado, vestida de novas cores
e com um brilho dourado ao redor das pétalas,
esperou pelo Vento.

Quando o Vento chegou ao final da tarde,
o Sol e a Lua estavam no Céu.
O Vento espalhou o vermelho e o laranja do Sol.
Quando o Sol foi embora,
o Vento chamou as Nuvens para o norte
e trouxe as Estrelas.

Do seu canteiro na Terra,
a Flor viu a Paisagem se transformando muitas vezes.
Do seu canto, desejou que o Vento se aproximasse.
Bem perto, ele soprou uma música de Vento em Flor.

TRADICIONAL MODERNO

Joana e Mateus se casaram. No ano seguinte, foi o casamento de Joseila com Bentinho. Dos filhos do seu Palmiro e D. Hortênsia, somente Cido, o mais velho, continuava solteiro.
A primeira filha de Joana e Mateus recebeu o nome de Elvira em homenagem à avó paterna.
A cada dia, chegavam mais visitantes ao vale. Em acréscimo aos quartos dentro da casa onde funciona a pousada, Mateus construiu três chalés.
Na casa dos pais, Joana viveu como se vivia no vale antes da estrada, antes da eletricidade e da TV. Quase tudo o que havia na casa era feito pelo pai. Quando estive nessa casa pela primeira vez, fiquei admirada com a simplicidade. Casada, Joana quis fazer tudo diferente. Tem uma cozinha equipada com geladeira, liquidificador, espremedor de frutas e outras facilidades.
Seus olhos brilharam quando mostrou o aparelho de vídeo.
– Adoro ver filmes.
Mateus gosta dos costumes antigos. Mesmo aderindo ao movimento de turismo e outras atividades provocadas pelos de fora, mantém a tradição de criar vacas.
– Tenho bastante pasto e a pousada precisa de leite. Na minha infância, as vacas faziam parte da família. Gerações viveram graças ao leite, a única renda de muitas famílias. Vaca em casa é sinal de estabilidade.
Na fazenda nova, em outro vale, seus pais continuam vivendo da terra e da criação, de forma muito semelhante aos avós e outros antepassados. Antes do trator, ainda hoje pouco utilizado no vale, todos os trabalhos de força no campo eram executados por animais. Naquele tempo, Mateus aprendia com o pai a atrelar e dirigir o carro de boi. Na dianteira, iam animais bem amestrados e inteligentes. Atendiam prontamente aos comandos.
– Oa, o, eia.
Seu Alípio ordenava a parada e Mateus levantava a vara de ferrão. Esbarrando na junta dianteira, repetia a voz do pai.
– Oa, o, eia.

SÃO JOÃO

Meiga, com o rosto de uma beleza clássica, Teresa mostra sensibilidade no sorriso tímido. Um sorriso que sugere, mas não revela sua história real. Real de realidade, não da princesa que aparenta ser. Ela já não se entendia mais, para dizer o mínimo, com aquele chato do Carlos, o noivo.

No fim de junho, os dois foram para o vale. Tinham uma semana de férias. Chegaram à pousada alguns dias antes da festa de São João.

Francisco e Fernando terminavam os preparativos. Nesse dia, Fernando prendeu um pára-quedas aberto no alto de um poste. Seria a cobertura para o local reservado ao forró. No campo ao lado da escola, seu Nicanor coordenava a construção da fogueira. As toras maiores formavam a base da estrutura de uns três metros de altura. No alto, Diego ajeitava as últimas toras. Moradores do vale e hóspedes da pousada trabalhavam em pequenos grupos no local da festa.

Teresa se juntou a um grupo que fazia flores de papel crepom.

Sentada em uma cadeirinha da escola, cortando papéis e combinando cores, eu escutava Teresa. Ela falava sobre as dificuldades no relacionamento com Carlos.

– Ele nem se interessa por saber quem eu sou. Prefere a idéia que tem de uma mulher segura, sem problemas. Nossa vida em comum se resume a festas e eventos relacionados a seus empreendimentos. Quase que só estamos juntos no meio de outras pessoas. Carlos continua intermediando negócios relacionados a turismo. Quer que eu esteja com ele em inaugurações de hotéis e jantares de negócios. Eu detesto isso. Ele me envolve em seus compromissos e obrigações de trabalho.

Teresa tinha muita coisa engasgada. Eu só escutava. Ia dizer o quê?

À nossa frente, Fernando e seu Nicanor levantaram três mastros, cada um com a imagem de um santo: São Pedro, Santo Antônio e São João. Tão lindo São João abraçando o carneirinho no colo, "o Cordeiro de Deus, que tira o pecado do mundo". Senti saudade de um tempo em que eu ia à missa e, comovida, escutava o sermão do padre. Quando eu era criança, o padre fazia o sermão do alto do púlpito. Eu achava engraçada aquela palavra, púlpito.

Teresa percebeu que eu não estava mais prestando atenção à sua conversa e mudou de assunto. Voltamos às brincadeiras bem-humoradas do grupo. Dina tinha acabado de contar uma piada. Desde os preparativos, predominava nessa festa um espírito de alegria e cooperação. As pessoas colaboravam espontaneamente com idéias, prendas, dinheiro e trabalho. Vinham em torno de quatrocentas pessoas para a festa, moradores do vale e arredores.

Subitamente, Carlos entrou na roda de conversa e flores. Alguém tinha organizado um lanche. Teresa trouxe para a roda um espetinho com vários pedaços de queijo. Ofereceu para Carlos provar. Com somente duas mordidas, ele abocanhou tudo o que havia no espeto. Poucos repararam nos detalhes da cena. Como conheço Teresa, percebi um sentimento de "já não posso mais" na expressão zangada. Carlos, o noivo, acostumado a ser servido por mulher, agradeceu e devolveu o palito sem nada, para que Teresa jogasse no lixo, provavelmente.

Se Teresa não fosse tão independente, se Teresa não fosse Teresa, talvez o acontecido passasse sem repercussão. Porém, no que pude observar, o noivado terminou ali mesmo, embora, ao que parece, Carlos só tenha se dado conta disso no mês seguinte. Teresa teve que repetir de diferentes modos em jantares, no carro, por telefone e pessoalmente que era o fim. O fim da picada, talvez.

Lembrei da voz de Elis Regina cantando: "É pau, é pedra, é o fim do caminho...".

O DIA DA FESTA

Repetindo um costume antigo, no dia 24 de junho, antes do sol nascer, seu Palmiro foi até a nascente ao pé da serra. Trouxe um garrafão de água.
– A água colhida cedo no dia de São João é como água benta. Quando meus filhos eram pequenos, eu costumava enfeitar um pinheirinho ao lado da casa, nessa época. Nas pontas dos galhos, eu pendurava fitas. Espetava um limão em cada ponta. No limão, eu fincava uma pena de galinha.

As pessoas vieram a pé e a cavalo para a festa. Vieram pela estrada, pela trilha do Morro da Onça e de outras direções, convergindo para o campo em volta da escola. A área de capim baixo perto da paineira se transformou em estacionamento de cavalos.

Cada criança recebeu uma ficha que dava direito a participar de uma brincadeira. Havia barraquinhas de pesca; de jogar argolas nas garrafas; de colocar, com os olhos vendados, o rabo no burro; e outras. Os adultos receberam fichas para as cartelas de bingo. Todas as crianças ganharam algum brinquedo ou lápis de cor, boné, coisas assim. Entre as prendas dos adultos, havia utilidades domésticas, botas, canivetes, cobertores...

De comida, havia canjica cozida no leite e pão com molho de tomate e cebola. A bebida era o quentão, com pouca cachaça e muito gengibre. Era tudo servido gratuitamente.

A festa repetiu a programação de anos anteriores. No fim da tarde, após as brincadeiras, as crianças da escola representaram em um teatro aberto a história do nascimento de São João Batista, filho de Zacarias e Isabel, prima de Nossa Senhora. Por causa da idade avançada da mulher, Zacarias não acreditou quando um anjo anunciou o nascimento do filho deles.

Nossa Senhora, Isabel, Zacarias, o anjo e outras personagens foram representadas durante anos nas festas do vale. As túnicas e adereços eram sempre os mesmos, também os diálogos e gestos da história. Mudavam as crianças, à medida que cresciam. Em algum ano, Diego foi Zacarias.

Depois da peça dos menores, a história de uma menina que se perde no escuro da floresta, todos seguiram as crianças, em procissão. Subiram por um caminho atrás do palco até contornarem a paineira grande.

Cada pessoa levou uma luminária feita de vela, bambu e papel de seda. A procissão era como um colar de contas coloridas iluminando o pé da montanha.

Na volta, uma mecha de fogo desceu do céu e acendeu a fogueira. Fernando tinha armado um sistema com uma roldana e um cabo preso no alto da colina.

Emocionadas pelo efeito das labaredas, as pessoas cantaram:
– São João, São João, acende a fogueira do meu coração...

Em seguida, houve a encenação do casamento na roça. A noiva chegou em um burrinho. O casamento terminou com a quadrilha. A partir daí, começou o forró. A festa foi até tarde, ao som de sanfona e viola. Diego e eu dançamos muito. De vez em quando, ele olhava para o alto do pau-de-sebo.

– O relógio continua lá, pendurado. Será que ganho essa prenda?

– Não sobe lá não, Diego, você tá com a roupa tão limpa, vai sujar. O sebo tá liso de tudo.

BOMBA QUE NÃO É DE SÃO JOÃO

Teresa e Carlos se separaram. Ela continuou a vida de muito trabalho, sem tempo para ela, sem espaço para realizar seu desejo de um amor romântico.

Carlos voltou da festa de São João com a idéia de fazer algum negócio no vale, um empreendimento que rapidamente gerasse muito dinheiro.

Teresa me contou isso chorando. Carlos saía de sua vida, mas o tormento continuava; mudava a forma. O empreendimento que Carlos imaginava representava, na visão de Teresa, o máximo do oportunismo e especulação. Carlos pretendia trazer grandes grupos hoteleiros para o vale. Só uma bomba para ter efeito mais arrasador. Sua intenção era clara: promover a retalhação das propriedades rurais e a derrubada de florestas.

CORAÇÃO

– Não faz muitos anos, os amigos se ajudavam na roça. União era nessa época, a gente fazia tudo junto. Hoje, tá tudo desunido. Acabou um mundo, entrou outro novo.

Diante do terreiro, sentado no degrau da porta da cozinha, seu Palmiro olhava o movimento de pessoas que não conhecia. Passavam entre sua casa e o paiol, em direção à cachoeira da Mata. Hóspedes da pousada.

Não sei se por causa do excesso de gordura de porco na alimentação e hábitos como o cigarro ou o que mais, o fato é que, por volta dos cinqüenta anos, seu Palmiro já tinha a saúde precária. Ninguém comentava nada sobre esse assunto. Eu não imaginava a gravidade do problema. Diariamente, seu Palmiro tomava um remédio para o coração. Por duas ou três vezes, foi internado no hospital da cidade. Não tinha mais a força necessária ao trabalho. Seguindo a orientação do médico, organizou seus documentos de trabalhador rural e antecipou a aposentadoria.

Seu Palmiro sempre foi muito exigente com a esposa em relação à ordem da casa e aos afazeres domésticos. Quando os filhos eram pequenos, D. Hortênsia se empenhava para alcançar uma perfeição impossível, até por um sentido de obediência ao marido. As crianças ajudavam nas tarefas.

Com Cido em São Paulo e os outros filhos casados, só ficaram seu Palmiro e D. Hortênsia na casa antiga. Entre os filhos que moravam no vale, somente Diego não era empregado de pessoas de fora. Todos estavam sempre muito ocupados. Doente, seu Palmiro vendeu as últimas vacas que ainda criava, vendeu Lembrado e os carneiros. Sobraram galinhas e patos. Ele procurava ajudar D. Hortênsia no trabalho com a horta. Faltava força. Roça de milho e feijão, nem pensar.

Nesse dia, duas moças e um rapaz vieram conversar com seu Palmiro. Vi quando chegaram pela porteira de cima. Em silêncio, uma das mulheres se aproximou da porta da cozinha. Ela parecia ter mais iniciativa. Andava um pouco à frente da outra e do rapaz. Tinha uma expressão decidida. Recém-che-

gados ao vale, com a permissão do seu Ataliba, os forasteiros se instalaram em uma barraca perto da bica, ao lado do campo de futebol.
— Mais um cabeludo.
Foi o que pensou seu Palmiro ao receber o jovem e as moças na sala. Escutou o que tinham a dizer. D. Hortênsia espiava pela fresta da porta. De vez em quando, seu Palmiro movimentava a cabeça e dizia alguma coisa.
— É certo.
A partir da cozinha, se espalhava um aroma de café torrado. D. Hortênsia deixava o grão ficar preto por fora e castanho por dentro. Ainda quente, socava o café no pilão. Depois de passar o pó na peneira fina, socava os grãos que sobravam. Quando percebeu um sinal de despedida, levou para a sala o bule de café e um bolo de fubá recém-saído do forno.

PASSO À FRENTE PARA TRÁS

Sentado diante da janela, seu Palmiro parecia mergulhado em uma espécie de transe. Não me viu quando passei pelo terreiro em direção à porta da cozinha. De fora, pela janela, vi o rosto marcado pelo tempo e lida no campo, uma história escrita sem palavras, para quem soubesse ler. Senti angústia por um dilema que não era meu, o drama contido naquele quarto. O homem sentado na cama, onde antes dele dormiu o pai, tinha o olhar vago, distante. Mergulhado em pensamentos, nem piscava.

Cheguei até a porta da cozinha.
– Entra pra dentro.
– Seu Palmiro tá bem, D. Hortênsia?
– Tá encarangado no quarto. O pior não é o frio. Ele tá com um pensão, não sabe se vende a terra. As moças que vieram aqui ontem querem comprar o pedaço de baixo, perto do rio. Uma delas até chorou, teimando em fazer o negócio. Meu marido ficou com dó.

Cada vez mais, pessoas de fora compravam terras no vale. A paisagem mudava. Um antigo curral à beira da estrada foi transformado em casa. Fizeram as paredes com tijolos aproveitando as vigas e o telhado. Ficou bonito.

Seu Palmiro sabia, resignado, que não poderia interromper a transformação que acontecia no vale. O chapéu sobre a cama, as rugas no rosto, as mãos calejadas sobre os joelhos. Em minha memória, essa imagem ficou impressa em preto e branco, como um momento obscuro da vida. Sentado no quarto, talvez imaginasse cenas do futuro que batia à porta de sua casa. Ainda pedia permissão para entrar.

Terminei a conversa com D. Hortênsia.
– Seu Palmiro quer vender uma parte da terra?
– Querer, não quer. Ele está quieto no quarto. Não sei se dá pra vencer o destino.

Não entendi as palavras de D. Hortênsia. Seu Palmiro vendeu a terra. Até facilitou a venda. Ele mesmo deu o primeiro passo para que o negócio fosse realizado. O passo na direção contrária ao que era o seu desejo.

GRITO DA MORTE

D. Hortênsia parecia preocupada. Parei em sua casa para uma conversa e um café. Ela limpava o feijão na peneira. Assoprava os ciscos com o pensamento longe.

– Meu marido saiu cedo. Foi ver uma árvore de jacarandá no alto da serra. Eu não queria que ele fosse. Dois homens chamaram por ele.

No final da tarde, ainda não tinham voltado. D. Hortênsia não saía da janela. Vigiava a trilha, à espera do marido. Apreensiva, não sossegava o pensamento.

– Tô com um pensão, credo! Não chegou até agora.

Dois dias antes, tinha sido o aniversário do seu Palmiro. Nesse dia, ele foi à cidade. Trouxe uma lata de cerveja para cada um dos filhos. À noite, D. Hortênsia chamou toda a família para o jantar. Ele soltou dois foguetes antes de comermos. Estava alegre. Depois, soubemos que na cidade se despediu dos amigos.

Eu estava preparando o jantar quando o cachorro latiu. Pela porteira de baixo, passaram seu Palmiro e os homens. Vinham da serra. Suspirei aliviada.

Nessa noite, Diego acordou chorando. Viu o pai dentro de um caixão. Viu o velório do pai na casa da família. Escutei o pouco que Diego falou. Ele ficou sentado na cama com o olhar parado. Impressionada, segurei sua mão.

Na manhã seguinte, seu Palmiro queria ir para a floresta mais uma vez. D. Hortênsia não deixou. Resignado, ele foi para o quarto. Da cozinha, D. Hortênsia ouviu o marido gritar. Morreu assim, deitado na cama onde dormia. Na mesma cama onde antes dormiu e morreu seu pai.

Diego estava fora de casa. Mesmo longe, ouviu o grito da morte no exato momento em que o pai fechou os olhos para este mundo.

Em pouco tempo, fomos os dois para a cidade.

– Isso está acontecendo de verdade? Meu pai morreu mesmo?

Organizamos documentos e o enterro. No dia seguinte, um carro da prefeitura levou o caixão até o cemitério, na Jacutinga de Baixo. Em uma cova simples, como todas daquele cemitério rural, ficou o corpo do seu Palmiro.

A igreja de Santa Maria ficou cheia de tristeza com a dor de parentes e amigos.

A igreja de Santa Maria, ao lado do cemitério, tem as paredes impregnadas de ouro e morte.

ÍNDIO

Passou uma noite sem lua, um dia e mais outro. Diego acordou.
– Um índio veio me visitar durante o sono.
Contando, Diego se lembrou de detalhes do encontro.
– Ele tinha o rosto e o corpo pintados de urucum. Estava descalço. Usava uma saia de capim seco e um colar de sementes com penas de arara. Tinha pulseiras com as mesmas sementes em torno dos braços e tornozelos. O cabelo era comprido; descia solto nas costas. Era um índio velho, com muito conhecimento.

Naquelas duas semanas que se seguiram à morte do pai, Diego sonhou mais duas vezes com o índio. No primeiro sonho, o índio estendeu a mão em um cumprimento. Sem sair da cama, Diego sentiu força naquele aperto de mão. Na segunda vez em que o índio apareceu, os dois foram para fora da casa e olharam as estrelas no céu. Na terceira vez, conversaram.

– Desde que os brancos começaram a cavar a terra e os rios à procura de ouro, se esqueceram da amizade com os índios. Os antepassados dos brancos mataram nossos antepassados. Chegaram com armas que nosso povo não conhecia. As aldeias ficaram vazias, manchadas pelo sangue que correu como água. Depois do massacre, o espírito dos índios reconstruiu a idéia da aldeia. Faço parte dessa tribo. Nossos cantos acendem luzes nas montanhas. Nomeamos cachoeiras e tudo o que é da natureza. Queremos que a vida na floresta continue. Queremos água pura nas nascentes, na serra e nos rios que descem até o vale. Os brancos não encontram mais ouro por aqui, mas continuam com ambição de riqueza e poder. Diego, você é filho dessa terra. Nunca se esqueça de onde veio. Use sua voz para defender a família e os vizinhos. Você representa nosso povo no vale. Seu trabalho é guiar e curar.

O índio mostrou para Diego como usar as mãos para curar. Disse que ele iria descobrir mais com a prática. Foi embora atravessando a porta da sala.

Naqueles anos que se seguiram, Diego falava do pai com saudade.

– O pai ficava bravo quando percebia marca de corte em algum tronco de árvore. Em casa, perguntava pra nós quem tinha saído com o facão. Dizia que a árvore sente como uma pessoa, que é preferível derrubar a árvore inteira por uma necessidade do que fazer um pique à toa com o facão. Ele continua a falar comigo. Fala em todas as lembranças que guardo desde a infância. Quando eu era criança, eu costumava levar o almoço pra ele na roça. Distraído no caminho, às vezes, eu perdia a colher. O pai brincava comigo:
– Não vou ficar sem comer por causa disso.
– Ele pegava um pedaço de madeira e fazia outra colher. Uma vez, meu pai me passou a tarefa de buscar um saco de feijão na Serra Grande. Era cedo, tinha neblina na serra. Eu subi metade do caminho e gritei pro pai: Vou lá não que tem onça.
– Volta pra trás, filho. Vocês são tudo medroso. Se nascer um hoje com a minha coragem, pode saber que o mundo tá de pé.

ROBSON

Vi Robson no refeitório da pousada.
Diego combinava com os hóspedes o passeio do dia seguinte.
Diante do terraço, observavam as estrelas, tantas...
Francisco e Fernando recolhiam a louça e arrumavam as mesas para o café da manhã do dia seguinte.
Ainda sentado, só, estava Robson. A conversa animada do jantar se deslocou com o fim da refeição. Sobrou ele com uma xícara de chá, observando a chama da vela e um delicado arranjo de flores sobre a mesa. O jantar na pousada era servido à luz de velas.
Fui conversar com Francisco na cozinha. Robson foi até lá. Seus olhos mostravam angústia.
– Noite escura...
Continuou em tom de confidência, como se nos conhecêssemos há muito tempo.
– Vendi o restaurante. Faz cinco dias. Do restaurante, que alimentou meus sonhos, só sobraram dívidas. O que ganhei com a venda não foi suficiente para saldar o que investi. Pelo sonho, saí da faculdade. Eu ensinava História e Filosofia. Sou um perdedor. Minhas idéias se despregaram da forma. Minha vida não corresponde aos meus ideais. Rejeitei os dogmas e a tradição da minha família. Nunca mais abri a Torá. Nunca mais entrei na sinagoga. Choro por isso, em silêncio. Não quis me acomodar em uma moldura de tradições e religião. Com um discurso obstinado, encontrei argumentos para esconder meu orgulho, meu fracasso.
Eu não esperava aquela intimidade tão sincera, doída, assim de repente.
– Pronto, desabafei. Estou mais aliviado. Agradeço por você ter me ouvido.

MÁQUINA DE COSTURA

Robson e Teresa se conheceram por causa de uma velha máquina de costura.
Durante meses, Robson morou na pousada. Ajudava a receber os hóspedes. Em troca, tinha hospedagem e alimentação.
Em uma tarde, conversando com Dina, Robson falou de uma cooperativa de artesanato.
– Acho interessante a forma de organização do trabalho. O objetivo é gerar renda para as mulheres do campo desenvolvendo as habilidades de todas. As mulheres vendem o que produzem em um sistema de cooperativa.
Dina se entusiasmou com a idéia de promover algo semelhante no vale. Reuniu um grupo de mulheres. Começaram com planos de costura. Um hóspede da pousada, dono de confecção, doou uma grande quantidade de retalhos para o projeto. As mulheres fizeram almofadas, colchas, doces, geléias, bonecas de palha de milho, produtos de cestaria e tecelagem. Dina organizou uma loja na pousada. Quando terminaram as férias de verão, o grupo tinha vendido quase tudo o que foi para a loja. As mulheres estavam animadas com o trabalho. Cada uma recebeu de acordo com o que produziu e vendeu.
Em uma de suas idas a São Paulo, Robson foi buscar mais retalhos e também a tal da máquina de costura, contribuição de Teresa para o projeto. Passei o telefone e o endereço de Teresa para Robson. Quando ele ligou, ela estava no trabalho. Estudava uma cláusula de contrato para executar a garantia de um negócio desfeito. Teresa me contou isso depois. A situação envolvia uma grande perda para um cliente do banco. Ela estava tensa, esperava uma ligação relacionada ao assunto do contrato. Não teve paciência nem disposição para ouvir a história que Robson começava.
– Robson? Não posso falar agora, me desculpe. Você pode me ligar depois?
Não foi antipatia à primeira vista porque os dois não se viram nesse momento. Ele ficou com uma péssima impressão de Teresa. Só ligou para ela novamente porque queria resolver o

assunto. Quem atendeu foi a secretária. Robson combinou de pegar a máquina de costura na portaria do prédio de Teresa. No dia seguinte, foi buscar a máquina. Encontrou o porteiro ouvindo pelo rádio uma moda de viola. Era o Cido.
— Teresa ainda não saiu para o trabalho. Você quer falar com ela?
Robson quis.
Diante da porta do apartamento, se surpreendeu com uma mulher delicada.
— Você quer tomar um café?
Ele quis.
Foram para o terraço.
Ele tinha imaginado que Teresa fosse feia, brava.
Um suave perfume se misturava aos aromas de manjericão, arlequim e café. Robson não se impressionou com o jardim de ervas nem com as flores no terraço. Seu olhar só tinha um ponto de foco: o sorriso de Teresa.

Dali, Robson foi para a estrada e Teresa para o trabalho.

Cada um levou uma lembrança daquela atmosfera de encantamento.

Naquele dia, Teresa pensou menos nos seus problemas. Comprou em uma loja perto do banco uma máquina de costura nova, moderna. Seria mais uma contribuição para o projeto das mulheres. Levaria para o vale no próximo feriado.

VOLTA AO VALE

Desde a mudança para São Paulo, Cido aproveitava os meses de férias para trabalhar de pintor e pedreiro nos apartamentos do prédio. Não faltava serviço para ele. Com esforço, conseguiu comprar um terreno em um bairro um pouco retirado da cidade. Pretendia construir uma casa.

Há quase quatro anos, Cido não ia para o vale. Ficou feliz quando Teresa ofereceu uma carona. Tirou uns dias de folga para visitar a família. Partiram ao amanhecer.

Chegaram à cidade no meio da manhã. A praça estava cheia de gente por causa da festa de *Corpus Christi*. Teresa estacionou o carro, observando o movimento. Cido foi para o bar. Encontrou velhos amigos.

– Blem, blem, blem.

Do alto da torre da igreja, o sino anunciou o fim da missa. Começou a procissão. À frente, iam os coroinhas e o padre carregando o Santíssimo. As ruas estavam enfeitadas com flores e pó de serragem colorida. Formavam no chão a pomba, o peixe, o cálice com a hóstia e outros símbolos sagrados.

Comovida, Teresa começou a caminhar. Seu sentimento de devoção lembrava o da menina tímida acompanhando a mãe em procissões no Paraná.

As pessoas iam com passos lentos, rezando em silêncio, as mulheres com o terço enrolado nas mãos, os homens segurando o chapéu. Crianças pequenas iam no colo. De vez em quando, a banda de música cortava aquela atmosfera. Por um momento, ecoou o som grave do trombone. Velhas senhoras viúvas vestiam roupa escura e lenço na cabeça. Quem não caminhava seguia o cortejo pela janela. Dentro e fora das casas, seguia a procissão com o mesmo silêncio. Dentro, seguia por um olhar e outro. Nesse dia, todas as janelas estavam abertas.

Teresa agradeceu por ter saúde, trabalho, casa e comida. Nunca imaginou que teria tanta riqueza. Pediu ajuda a Deus para o futuro, para a riqueza ser mais que o conforto material.

Ao longo do percurso, velas e vasos com flores nas janelas tornavam a rua mais festiva em reverência à passagem do

Divino. Sob os vasos, toalhas bem passadas enfeitavam as paredes. A arquitetura colonial do casario e o chão de pedras da rua levavam a procissão ao tempo do ouro. Desde aquela época, Nossa Senhora acompanhava todas as procissões da cidade. A centenária imagem sobre o andor veio de Portugal.

Talvez por causa do sol forte daquele dia de maio, em um certo instante, Teresa sentiu uma espécie de tontura. Viu homens e mulheres caminhando com roupas que pareciam de outra época. Caiu no chão.

– Blem, blem.

Ainda escutou o sino. Perdeu os sentidos.

Contam que acudiram três homens. Ao terceiro Teresa deu a mão. Era Robson.

Pálida, se levantou. Alguém ofereceu um copo d'água e uma cadeira. Da calçada, Teresa viu a procissão passar. Por fim, estava só, mas não tão só. Robson continuava ao seu lado.

– Você quer um café?

Ela quis. Foram os dois para a padaria da praça.

– Vim à cidade por causa de um problema no motor do jipe. Nem me lembrei do feriado. O mecânico está no meio da procissão.

O jipe ficou no quintal da oficina. Robson foi para o vale com Teresa e Cido.

No caminho, Teresa e Cido se assustaram com a mudança na paisagem. Na direção da Serra Azul, havia sinais de queimada e desmatamento. Do ponto onde estavam, podiam ver árvores derrubadas e uma estrada nova entre as montanhas. Começava ali a obra de um grande hotel com piscina e quadras de tênis. Carlos estava no comando do empreendimento. Robson contou que o projeto recebeu recursos de investidores estrangeiros.

– Compraram terra de muita gente.

Robson sabia do relacionamento anterior de Carlos e Teresa. Percebendo o constrangimento dela, mudou de assunto.

Chegando ao vale, Cido e Robson ajudaram Teresa a carregar a bagagem até a pousada. Dali, Cido seguiu para ver a mãe. Encontrou D. Hortênsia sentada diante da mesa da cozinha. Com um pequeno lápis entre os dedos, copiava palavras em um caderno. Paciente, fazia as voltas e o redondo das letras com capricho.

– Bênção, mãe.
– Deus abençoe.
Fazia tempo que ele não via a mãe. Não pôde vir para o enterro do pai. Surpreso, viu que ela agora sabia ler, escrever e fazer contas no papel. Também ele estava estudando.
D. Hortênsia ria de contentamento.
– Eu sonhei com você foi ontem mesmo, filho.
– A senhora vai me ver tocando viola na televisão. Escolheram minha música em um concurso!
– Não é possível.
– Acho que tive sorte. Os primos estão pelejando para conseguir trabalho em São Paulo. Moram longe da parte boa da cidade. Em São Paulo, as pessoas pensam em dinheiro o tempo todo. Tudo tem que ser comprado. Não é costume e nem há muito espaço pra alguém criar um frango ou plantar um pé de couve. Vi gente deixar de comprar comida pra pagar prestação de telefone celular, telefone com fio, sem fio, televisão de um jeito e de outro, tanta coisa. Lá, é fácil uma pessoa que vem da roça, ou de um lugar pequeno, desaparecer de vez no meio daquele monte de gente. Em São Paulo, o bem e o mal estão tão misturados que emendam um no outro. Se a pessoa não for firme, se confunde.

RESGATE

Cido estava feliz por ter vencido a primeira etapa do concurso.
– Não é a primeira vez que participo. Agora, minha música foi selecionada. Tô confiando mais. A gravação ficou boa e eu fui bem classificado.
Ele imaginava a possibilidade de sucesso e sua música tocando no rádio. Estar no vale, entretanto, tornava mais forte um antigo sentimento de culpa. Saiu da casa do pai sem se despedir dele, sem pedir sua bênção. Teve medo de não ser aprovado na decisão de sair do mundo conhecido. O que teria acontecido se tivesse exposto sua escolha ao julgamento do pai? Seu Palmiro teria usado de autoridade para impedir sua partida? Provavelmente não. Preso a um sentimento do passado, Cido lamentava o acontecido. Desde a adolescência, não sabia como transpor a distância entre seu mundo e o do pai. Para evitar o confronto, saiu de casa.
Diego percebeu o mal-estar do irmão. Convidou Cido para jantar. Diego gostava de cozinhar. Preparou uma comida especial: trutas no forno com um molho de manteiga e ervas, uma delícia. O vinho soltou a emoção contida. Cido chorou as lágrimas que segurou desde o dia de sua partida para São Paulo. Depois, veio um suspiro de alívio.
– E agora, o que posso fazer?
Diego teve a idéia de irmos os três visitar o pai no cemitério. Fomos no dia seguinte.
A cruz sobre a cova do pai tinha caído. Cido ajeitou a cruz. Ficou só, diante daquele montinho de terra que marcava o lugar onde estava o corpo do pai.
Diego e eu fomos até a igreja. Duas janelas modernas destoavam da construção antiga. Diego me contou que tiraram muito ouro da espessa parede de taipa. Transformaram os buracos em janelas. A reforma do piso foi outro pretexto para a retirada do ouro escondido no chão. A igreja de Santa Maria foi toda revirada por gananciosos. Atrás do altar, a marca no chão mostra outro ponto de escavação. Gatunos vasculharam a igreja com instrumentos para detectar ouro. A pia de batismo e todos os

santos antigos desapareceram. Sobrou somente São José, com um dedo quebrado, sem o cajado, que era de ouro maciço.

Talvez por perceber o peso de tanta ambição, Diego nunca se sentiu bem naquela colina onde fica a igreja e o cemitério, lugar do primeiro povoado da região.

O que Cido tinha para fazer naquele lugar foi feito. Não sei como foi o acerto dele com o pai. Voltamos em silêncio, mas dava para notar que ele tinha resolvido a questão. Enterrou o que ainda podia haver de culpa ou remorso. No cemitério, ficou uma guirlanda de flores sobre um montinho de terra com uma cruz.

NÃO ATA NEM DESATA

Cido ficou mais uns dias no vale. Voltei para São Paulo. Trouxe Rex, o cachorro. Eu estava diante de duas vontades fortes: ficar com Diego, assumindo o compromisso do casamento, ou o contrário. Se tive coragem para levar adiante a escolha de me casar, mesmo sem o apoio da família, por que não conseguia me entregar e assumir esse compromisso? Faltaria amor? Eu não agüentava mais a contradição dentro de mim. Unir o que unido está, ou separar? Era esse o dilema. Quando o incômodo da situação beirava o insuportável, eu aliviava a tensão indo para São Paulo. No vale ou em São Paulo, pesava a distância em relação a meus pais e irmãos. Uma distância que não era física, já que eu convivia com eles quando ia a São Paulo. O problema é que o assunto do meu casamento era tabu. Ninguém falava sobre isso, ninguém perguntava por Diego.

Com toda a liberdade que eu tinha, me sentia com as mãos atadas. Então, resolvi seguir uma e somente uma das direções, me comprometer com uma escolha. E a escolha foi pela separação. Rompi com Diego. Ele ficou muito triste e eu também.

Em São Paulo, próxima à casa dos pais, eu me sentia frustrada pelo fracasso no relacionamento com Diego. Frustrada por ter que admitir que não conseguia me livrar da mentalidade de pouco fazer pelos outros, incapaz de sair do meu mundo de pequenas comodidades. Continuava a menina mimada.

Durante um tempo, vivi com Diego em relativa harmonia. Depois, os problemas ocuparam todo o espaço do nosso relacionamento. Cada um sentia o desafio de assimilar o estilo de vida do outro, o tradicional do campo e os referenciais urbanos.

>   SER O NÃO-SER.
>   SOMENTE ATRÁS DO QUE VOCÊ NÃO VÊ.
>   ATRÁS DO QUE NÃO VEJO, NO ESPELHO.
>   A DOR DE QUERER FAZER FORA O NASCER.

Atraídos pela beleza das cachoeiras e da serra, chegavam ao vale mais e mais turistas, de todo o Brasil e estrangeiros.

Ficavam em pousadas e em casas alugadas. Alguns compraram terra, áreas retalhadas de fazendas ou propriedades maiores. Com a proibição do corte de árvores, terminou a construção de casas de pau-a-pique.

Observando o relacionamento dos nativos do vale com as pessoas de fora, eu percebia alguma coisa em comum com os desafios que eu vivia no casamento: riqueza no encontro de pessoas e culturas diferentes, conflitos no desencontro, nos desentendimentos. No início, as pessoas de fora assimilaram hábitos da solidariedade característica daquela cultura caipira. Depois de um tempo, apareceram os conflitos.

Os maiores desentendimentos envolviam Carlos. Ele era amigável e convincente ao defender idéias de vida em harmonia, no entanto, mostrava intolerância ao repetir que se sentia ferido em seus direitos de proprietário. Isso ficou claro quando mandou fechar com arame farpado duas porteiras de um trecho da trilha no Morro da Onça. Há anos, as pessoas utilizavam essa trilha a pé e a cavalo. Carlos morava em São Paulo. Para levar adiante seus projetos, trouxe empregados de lá. Nem ele nem os empregados fizeram qualquer esforço para um relacionamento melhor com os vizinhos.

Se as atividades irregulares eram motivo de denúncia e penalidade, não dava para entender o que acontecia na Serra Azul. Carlos mandou derrubar parte da floresta para abrir uma estrada. Houve advertência e multa por crime ambiental. Depois, ninguém sabe por que meio, o plano da estrada foi regularizado. Por mais uns quinze dias, os moradores do vale ouviram o barulho da motosserra.

– Nhem, nhem, nhêêêê.

Preocupados com os animais e a floresta, nativos e pessoas que se instalaram no vale discutiam questões de preservação do ambiente. Era difícil frear a especulação imobiliária. No processo de modernização, alguns dos antigos moradores se sentiram excluídos de decisões importantes. É fato que, sem a contribuição das pessoas que vieram de fora, a condição de vida no vale seria pior. Os de fora trouxeram emprego e novos conhecimentos. Organizaram não só a escola para as crianças, como também a alfabetização e o estudo para os adultos. Organizaram grupos de teatro, coral e outras atividades. Ainda assim, mesmo entre pessoas que tinham tantos ideais, houve casos de briga com vizinhos por causa de água, divisas e postes de luz. Parece que carregamos no sangue o bem e o mal dos que no passado adentraram pelos sertões das Gerais em busca do ouro.

VIGAS DE CANDEIA

O tempo passava depressa em São Paulo. Eu tinha inventado muitas razões para não voltar atrás na decisão de me separar de Diego, mas meu pensamento e sentimentos continuavam no vale. O tempo passava vazio em São Paulo.
A pedido de D. Zaíra, fui procurar seus filhos. Eu tinha o endereço da pensão onde moravam. Fiquei preocupada com Jeremias. Deslocado do mundo que dava sentido à sua existência, sem trabalho e sem família, se entregara à bebida. Olavo tinha se tornado servente de pedreiro. O trabalho era irregular. Mal dava para pagar as contas do quarto e a comida dele e do irmão. Olavo queria voltar para o vale. Não via possibilidade de progresso em São Paulo.
– Se não consigo organizar uma vida melhor, pra que ficar na cidade? Se não consigo trazer pra cá minha mulher e meu filho, pra que ficar?
Ficava por causa do irmão. Tinha a esperança de que Jeremias conseguisse um trabalho. Mas como? Os talentos de Jeremias não apareciam na cidade.
Nesse dia, falei por telefone com Diego. Ele contou que Carlos tinha comprado quase toda a terra do tio Custódio.
– Ele derrubou a casa antiga e tudo o mais que havia de construção no terreiro. Aproveitou as telhas, as vigas de candeia e boa parte do madeiramento da casa velha para construir três chalés. No madeiramento dos chalés, eu leio a história do que meus tios e primos perderam. Carlos aluga os chalés para turistas. Só manteve a casa do Olavo. A esposa e o filho ficaram com a casa, mas sem a terra. Zumira passou a trabalhar para o Carlos. Cuida da limpeza dos chalés e atende os hóspedes. Às vezes, também cozinha, tudo conforme a necessidade.
– E onde estão morando D. Zaíra, tio Custódio e Conceição?
– Ficaram espremidos em um canto, a parte que não foi vendida. Carlos mandou fazer uma pequena casa pra eles. Não pagou quase nada pela terra. Pelo acordo que fez, pagou tio Custódio com a construção da casa nova. O tio não sabe ler. Quando veio conversar comigo, já tinha assinado o contrato de

venda. Ontem fui à cidade. Conversei com o prefeito sobre o assunto. O tio não está satisfeito. Acho que dá para provar que ele foi enganado.
Por Diego, soube que D. Zaíra não agüentava mais fiar.
– Toda vez que mexe com lã, fica pior da rinite. Sente dor no peito, o nariz escorre. O tio também não está bem. Tosse muito. Às vezes, nem consegue levantar da cama por causa da fraqueza. Entra pouco sol na casa nova, é uma casa fria.
Soube depois que, por essa época, algumas pessoas quiseram derrubar a paineira. Na copa da árvore, havia sinais do que parecia ser uma espécie de praga. Os irmãos Francisco e Fernando resolveram esperar, e a árvore se recuperou, sem que ninguém jamais soubesse a causa do acontecido. A paineira é uma árvore antiga, guarda a memória do vale. Se um dia desaparecer, alguém ainda poderá procurar a história e os segredos desse lugar. Levados pelo vento, o acontecido e o contado se espalham pelo ar e se misturam com a água. Chegando à terra, crescem como as sementes.
Por essa época, cortaram o chapéu-de-sol da casa do meu avô na praia. Doeu saber que minha melhor amiga árvore da infância não existe mais.
Fico com a idéia de que não dá para segurar o passado. Ficam, talvez para sempre, os elos que nos ligam ao passado. Também a memória pode ficar, mesmo quando a vida é cortada. Com os olhos abertos ou fechados, ainda vejo o quintal da casa da praia, como era na minha infância, com o chapéu-de-sol de três andares me chamando para cima.

A PORTA E O VENTO

Vim passar uns dias na praia da minha infância e adolescência. Observo o mar. As ondas se formam, crescem e chegam até a areia. A espuma se esparrama na beira da praia. À frente, a areia plana, dura. Longe, o morro. Ao fundo, as três ilhas: Queimada Grande, Queimada Pequena e a outra. Barcos de pesca na costa. No embalo do vento e das ondas, uma sensação conhecida. Diante da paisagem, me vejo criança, construindo castelos de torres góticas com pinguinhos de areia molhada. Altas as torres, até a água chegar. Frágeis. Em volta do castelo, o fosso, matéria-prima para a torre.

Caminhando pela praia, volto no tempo. Atravesso por uma porta a distância de vinte anos que me unem a uma jovem, eu jovem caminhando sem saber o que e quem encontraria pela frente.

Só da frente podemos voltar para trás ou o movimento acontece nos dois sentidos?

Porta do tempo, que me leva tão facilmente para trás, me mostre à frente o mar de possibilidades, escolhas, as páginas que ainda não escrevi, os capítulos não abertos, encontros possíveis.

Diante da porta, tenho uma chave na mão. Experimento na fechadura.

Abriu, abriu! Então, é possível.

Mar de possibilidades, ondas que se quebram na areia e voltam para o mar. Fica a espuma branca, visível somente por um breve tempo na areia. Tão breve o tempo para guardarmos na memória o que ainda vai acontecer. Uma imagem que escorrega tão facilmente por uma porta que o vento torna a fechar. Não tenho mais a chave. Espio pelo pequeno buraco da fechadura. O que vejo é uma cor azul-esverdeada. Escuto a água em movimento e o silêncio da areia.

EXPLOSÃO *VERSUS* IMPLOSÃO

De volta a São Paulo, tenho varrido as folhas do quintal de casa todas as manhãs, pacientemente. Varro o quintal de baixo, a laje de cima e o quintal da frente como quem percorre um labirinto. Em um saco de lixo, junto folhas, pedaços de galhos secos, flores caídas da quaresmeira e os pêlos do cachorro. No final do dia, passa o lixeiro. Esse lixo vai embora. Fica comigo o lixo de dentro com uma dor abafada, escondida. O lixo cresce pela força de estar contido. Não consigo conversar com meus pais e irmãos sobre a dor de não ser aceita no relacionamento com Diego, a dor da minha insegurança. Sinto tristeza por não conversar sobre as dificuldades e os problemas no casamento. Assunto proibido. Querendo evitar o conflito, provoco mais dor, um caminhão de dores e conflitos sem confronto e, portanto, sem solução. Covarde eu. Anos de covardia e medo.

MORRE TIO CUSTÓDIO

Foi o tio para a cidade.
Parou no bar.
De pé,
falou
do jovem que foi.

Andou pela vida,
a pé.
Jovem foi.

Deu voltas, volta no seu mundo até.
Voltou
para o vale, para o lugar onde nasceu.

Velho, sentado, aquietou.
Calado.
No copo, contido, o café.
Frio agora.

O tio tentou levantar.
Falhou.
Um amigo atento acudiu.
Pôde segurar o copo
mas não o velho, que se foi.

Nesse dia, Fernando estava na cidade. Viu quando tio Custódio caiu no bar. Ajudou a levar o corpo já sem vida para o hospital do outro lado da rua. Levou a triste notícia para o vale.
– Como é que meu velho foi embora antes de mim?
D. Zaíra se deixou sentar à beira do fogão. Com a cabeça baixa entre as mãos, chorou durante muito tempo, sem consolo, sem ver o movimento à sua volta. Não viu a casa se encher de gente, só sentia o vazio e um aperto no peito.
– Me acode, Nossa Senhora Aparecida, me acode! Santos Reis que me ajudem.

CONSERTO, REFORMA

Com a morte do tio Custódio, fui para o vale. Olavo e Jeremias foram comigo. Chegamos no momento exato do enterro. Foi muito triste, o tio era muito querido por todos.

No vale, Olavo e Jeremias desabaram diante da realidade dos chalés no lugar da casa. Pessoas que não conheciam andavam pela terra que não era mais da família. Zumira e D. Zaíra tentavam explicar o acontecido.

Em meio ao sofrimento geral, alguma coisa desencadeou a vontade de agir, de mudar o que estava parado em minha vida. Eu não podia mais deixar o tempo passar à toa. Resolvi agarrar o momento para não perder o bonde, o trem, não é assim que se fala?

De volta a São Paulo, fui conversar com meu pai. Era a primeira resolução convicta, depois de tentativas anteriores até honestas mas sem confiança. As palavras me escaparam um pouco no começo. Eu quis expressar tudo o que estava em jogo, assumir a responsabilidade pela minha vida, talvez a felicidade, ou pelo menos a escolha pela felicidade. Se não existem certezas, existe um jeito de continuar seguindo conforme o que se apresenta a cada momento. Resolvi deixar de ser a menina mimada, café-com-leite nas brincadeiras de criança com os irmãos e primos maiores. Finalmente, entendi que eu não tinha que ser o espelho do meu pai. Choramos juntos. Tudo veio à tona para curar, para mostrar que não era tão impossível revelar os sentimentos ocultos.

Não sei se destampamos tudo o que estava abafado. Começamos o processo pelo primeiro passo: o reconhecimento de nossas feridas. Depois, conversei com minha mãe e meus irmãos.

Enquanto esse processo de conversas e revelações acontecia, tive que refazer o esgoto da casa de São Paulo e cortar a árvore do quintal. As raízes se enroscaram no encanamento provocando quebra da tubulação.

Fecho os olhos
para ver o que não sei.
No escuro procuro novamente o prazer.

A CASA ME CHAMA PARA A TERRA,
DESSA VEZ, O ENCANAMENTO.
COM TUDO REVIRADO,
O PÓ NO JARDIM.

FECHO OS OLHOS
PARA OUVIR MEUS SONHOS
NO SILÊNCIO DAS IMAGENS QUE PERDI.

O PEDREIRO E O PINTOR.
ENQUANTO SAI O ENTULHO, ME REVIRO
POR DENTRO.
REFORMO A VIDA.

O QUE É DE DIREITO

Olavo e Jeremias ficaram no vale; sequer cogitaram de buscar o pouco que deixaram para trás em São Paulo.
Jeremias largou a bebida. Ainda tem crises de abstinência, sente falta do álcool. Inserido nos costumes antigos, entre parentes e amigos, encontrou força para reagir às circunstâncias. Primeiro, tratou de recuperar a terra perdida para o Carlos. Sofrendo com a morte recente do pai, ainda assim, conseguiu ânimo para lutar pelo que acreditava ser direito da sua família. Diego levou o primo à casa do prefeito, que estava acompanhando o caso da terra.
– Carlos abusou da boa-fé do tio. Enganou tio Custódio.
Fazia tempo que eu não trabalhava como advogada. Movida pela urgência, peguei a defesa do caso. Utilizando o argumento de coação, contestamos a validade do documento de compra e venda da terra. Não foi difícil levar o processo para uma instância superior. Dois anos depois, o juiz anulou o contrato, aceitando a prova de que o preço acertado era desproporcional ao valor de mercado. Carlos ainda reclamou uma indenização pelo que gastou na construção da casa e dos chalés. Fez ameaças e chantagens, mas nada disso intimidou Jeremias. Ele e Olavo prosseguiram com a coragem dos que lutam pelo que é justo.
Recuperada a terra, os irmãos mantiveram os chalés de aluguel. Zumira continuou atendendo os hóspedes, mas na condição de proprietária.
Olavo construiu um armazém próximo à estrada. Moradores e visitantes do vale compram ali produtos da roça e outros, como macarrão e bujão de gás. D. Hortênsia foi trabalhar com Olavo. Revelou-se muito habilidosa para o comércio. Chega cedo para o trabalho, caminhando com passos decididos, os braços soltos ao longo do corpo empinado ligeiramente para a frente. Diante do balcão, atende a todos com alegria, sempre com uma história divertida, um conselho ou palavra de carinho. Usa uma calculadora para fazer as contas maiores. Também cuida do registro de tudo o que vende. Faz as anotações em um caderno, uma espécie de livro-caixa.

QUEIMADA

Seu Ataliba passava boa parte do tempo cuidando do gado. Logo que acordava, abria as janelas do casarão e olhava para onde estavam as vacas, do outro lado do rio. Por volta do meio-dia, costumava separar os bezerros. Levava as vacas para um pasto mais longe. Passava montado a cavalo, gritando alto.

– Ôoa. Ara, ôa. Sai, Fumaça. Generosa, vamos. Vou partar o gado.

Naquele sábado, no fim da tarde, o ar estava pesado, como que anunciando alguma coisa grave por acontecer. Vi seu Ataliba pintando de azul o corrimão da escada de pedra. Dois camaradas, que trabalhavam na fazenda, perguntaram se seu Ataliba iria com eles queimar o pasto.

– Só quando terminar a pintura.

Queria deixar bonito o corrimão.

A queimada da vegetação rasteira é um costume antigo para fertilizar a terra com as cinzas. Como a matéria orgânica é destruída, com o tempo, o resultado dessa prática é a degradação do solo. Além disso, depois da queimada, as primeiras chuvas levam o húmus e as bactérias úteis.

Para que o fogo não avance na mata, os homens costumam fazer o aceiro. Cortando a vegetação em volta da área a ser queimada, evitam a comunicação do fogo. O aceiro fica assim como um caminho largo. Os homens colocam o fogo do aceiro para trás. O fogo pára quando chega ali.

Em época de seca, há mais perigo. Em caso de incêndio, os homens se juntam abafando as labaredas com ramadas verdes. Às vezes, correm para cima de onde o fogo está e acendem outro fogo. O fogo de cima encontra o de baixo, um luta contra o outro, me explicou Diego.

Lá pelas seis horas, seu Ataliba montou no Diamante e foi para o lugar da queimada. Deixou o cavalo distante, amarrado em um pinheiro do outro lado do campo de futebol. Colocou fogo na parte de baixo do pasto.

Os camaradas tinham esperado o vento soprar de cima.

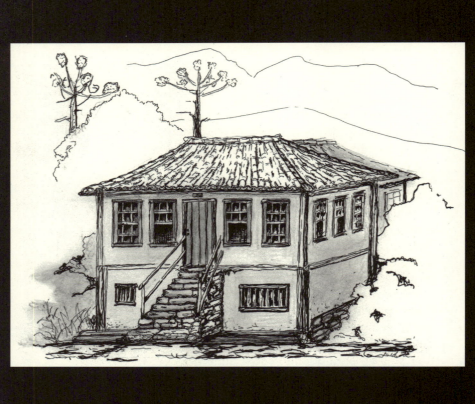

Fizeram o aceiro redondo. O vento empurrava a roda de fogo para baixo.
– Cuidado aí que o vento tá indo pra lá. Aumenta o aceiro.
Os homens controlavam o fogo no alto, um de cada lado do pasto, quando viram a fumaça vindo de baixo. Desceram rapidamente.
Não viram seu Ataliba, só o cavalo amarrado. Correram na direção do fogo. Acharam seu Ataliba caído, agonizando.
Um dos camaradas correu para pedir ajuda. Logo chegou Fernando com a rural na frente do campo de futebol. Carregaram seu Ataliba em um cobertor esticado. Morreu pouco depois, a caminho da cidade. No carro, ainda falou:
– Rainha, Diamante... Fortuna. Tesouro.
As pessoas acham que ele caiu a poucos metros do fogo, talvez sufocado pela fumaça ou por um ataque do coração. Empurrado pelo vento, o fogo veio andando até seu Ataliba. Assim, se cumpriu o destino trágico de um dos últimos fazendeiros nativos do vale.
Ficou a lembrança dessa tarde no azul do corrimão. Pobre seu Ataliba... Ele tinha um jeito estranho, mas era querido. Mesmo os que brigavam com ele concordam que tinha um bom coração.
Toda a criação da fazenda sentiu a perda. Os animais tinham uma ligação forte com o dono. Ficaram em uma tristeza medonha. Durante noites seguidas, todos no vale escutaram o latido comprido, desconsolado, de um dos cachorros.
O padre da cidade veio rezar a missa de sétimo dia no casarão. Improvisaram um altar nos primeiros degraus da escada de pedra. As pessoas ficaram pelo terreiro, os homens de um lado, as mulheres do outro.
Seu Tonho assumiu a responsabilidade de cuidar da criação.
Depois de uns meses, a fazenda foi vendida para um grupo de pessoas, todos de fora. Os parentes não se interessaram pela terra. Levaram metade do gado em um caminhão para uma fazenda do outro lado da serra. Venderam carneiros e frangos. A outra metade do gado, o Diamante, a Rainha e alguns animais ficaram com seu Tonho que, depois de tantos anos de trabalho e dedicação, se considerava como filho do seu Ataliba. Ele exi-

giu tudo o que acreditava ser do seu direito. Fechou uma parte da terra com cerca e foi atrás da escritura.
Muitas pessoas acreditam que existe um tesouro escondido embaixo do casarão, ouro?
– Ficou um guardado por lá.
Todos os anos, em maio, no dia de Santa Cruz, seu Tonho organiza a reza pela alma de três mortos: o irmão do seu Lucas, um sobrinho que morreu novo e seu Ataliba.
– Tomo conta de três cruzes. As mulheres me ajudam a enfeitar o lugar com papel colorido e flores. Depois de cantos e orações, vamos pra minha casa comer alguma coisa.
Ainda hoje, quem anda pelas trilhas do vale encontra as três cruzes: uma à beira da estrada, junto ao rio, outra próximo à cachoeira dos Anjos e a terceira pouco adiante do campo de futebol.

POSSÍVEL

Não parecia possível, com o pouco e o muito que Diego e eu tínhamos no início. Pouco em comum em nossas histórias de vida e tantas dúvidas sobre nosso relacionamento. Persistimos diante dos obstáculos, nem sei como. Cada ação foi importante. Diego nunca perdeu a fé (e nem a paciência) diante da minha insegurança. Assim, encontramos um jeito de lidar com nossas diferenças. Cuidamos de nossos corações machucados e seguimos adiante.

Naqueles primeiros anos do nosso casamento, nos momentos em que não estava ocupado como guia, Diego já trabalhava com madeira. Criativo Diego. À linha de bancos acrescentou biombos de bambu, luminárias e móveis de materiais reciclados. A arte de Diego saiu da roça para o mundo do *design*, revistas e lojas, virou marca.

Com o tempo, a terra da família de Diego foi encolhendo. O movimento começou com a venda que seu Palmiro fez. Depois da distribuição da terra entre os filhos e a mãe, Cido vendeu sua parte para uma pessoa de fora. Há cinco anos, Diego e eu deixamos para trás o espaço onde o sonho começou. Deixamos a pequena cachoeira atrás da casa e fomos para Pouso Feliz onde compramos um sítio. Na casa nova, os cômodos são mais amplos. Janelas grandes se abrem para a paisagem. Na garagem, junto com o carro, uma charrete. Apoiada sobre galhos de uma árvore centenária, a casa de brinquedo do nosso filho. O menino tem o nome e o olhar do pai.

Ao lado de casa, fica o curral, com cochos modernos, adequados para o manejo. Temos algumas vacas para o consumo de leite e queijo. Diego contratou uma pessoa para cuidar das vacas.

Durante as refeições, sentamos em volta de uma mesa grande, como Diego sempre gostou. No vale, a mesa já era grande, com o tampo feito de uma porta velha.

Sempre temos parentes e amigos nos visitando. Meus pais foram dar uma volta com Diego e o neto. Foram olhar os pés de café. Não são muitos, mas estão com frutos este ano, pela primeira vez. Rex acompanhou o grupo.

Diego continua guiando visitantes por trilhas e montanhas, a cavalo e a pé. O turismo chegou a Pouso Feliz. Fizeram três pousadas nos arredores de casa.

Nunca mais trabalhei como advogada. Dou aulas na escola de Pouso Feliz e escrevo contos para duas revistas; mando os textos pela Internet. Ficou mais fácil depois que instalamos telefone em casa.

Amo meu marido e meu filho, as crianças da escola, as pessoas daqui. Gosto da paz que conquistamos a cada dia, procurando o lado doce da vida, o afeto. Diego e eu conseguimos chegar a um ponto que parecia impossível. Ainda me pergunto: Será real? Como foi que tudo pôde mudar tanto? Faz treze anos que estamos juntos, desde o primeiro passeio a cavalo.

Termino de escrever esta história. Uma pequena lareira esquenta o ambiente. Fora, a água forma uma música com o vento. O vento sopra segredos que se espalham pelo ar, se misturam com a água das cachoeiras e crescem na terra, segundo o destino e a escolha de cada um.

MOINHO

Em algum lugar, uma rolinha macho cantou:
– O fogo apagou.
A fêmea respondeu:
– O fogo apagou.
Seu Ataliba dava emprego e terra para plantio. Junto com ele, morreu um pouco do sistema antigo da vida no vale. O que foi não volta mais.
No rio que passa atrás do casarão, havia um moinho de pedra. Foi construído pelo pai do seu Ataliba. Os moradores do vale levavam no burro ou no ombro os picuás com os grãos de milho para moer; ficava um saco para frente do corpo e o outro para trás. Para fazer o picuá, juntavam as pontas de dois sacos de pano, embalagens do açúcar e do arroz comprado em fardos no armazém. Com esses sacos, também faziam saias, calças e camisas.
Seu Ataliba fazia o moinho funcionar soltando a trava da roda de baixo, por onde passava a água.
As duas rodas de pedra, sobrepostas na posição horizontal, giravam juntas com a força da água.
– Ronque, ronque, ronque, ronque.
Um eixo vertical unia uma roda à outra pelo centro delas. O milho era esmagado em cima e caía na caixa de farinha.
Não existe mais esse moinho, só a marca do que foi a base dele.
A Associação de Moradores e Amigos do Vale, criada nos últimos anos, procura reunir nativos e pessoas de fora para a preservação do lugar.
O grupo de pessoas que comprou a fazenda do seu Ataliba demorou a chegar a um acordo sobre a divisão das terras. Durante quatro anos, discutiram o assunto sem encontrar nenhuma possibilidade de entendimento. Foi por meio da Associação de Moradores que o problema foi resolvido. O presidente da associação, escolhido por votação, teve a habilidade de conciliar os diversos interesses em torno de algumas causas comuns. Ficaram acertadas as novas divisas, e o casarão, com o terreno

em volta, passou a ter uso coletivo. A mata, no fundo do vale, foi incorporada ao patrimônio da associação para ser transformada em reserva. Começam a se organizar grupos preocupados em regularizar a ocupação do solo, o saneamento e o tratamento do lixo. O vale está dentro de uma Área de Proteção Ambiental.

Unidos, os moradores e amigos do vale conseguiram o que não parecia possível, com o pouco e o muito que tinham no início. Persistiram diante dos obstáculos, dos conflitos.

Entre as novidades, se destaca o posto de saúde à entrada do vale. Muitas pessoas contribuíram com recursos financeiros, conhecimento e trabalho. O atendimento se tornou possível graças a um acordo estabelecido pela associação com a prefeitura e o hospital da cidade.

O presidente da associação se casou com uma moça nascida no vale. Depois de casada, ela fez faculdade em São Paulo. Atualmente, está preparando uma dissertação de mestrado na área de Antropologia. Seu estudo abrange a cultura do lugar onde nasceu: os costumes, a linguagem, as histórias.

Quero acreditar que o conhecimento e os valores da cultura caipira nativa serão preservados, e também a terra, as nascentes de água, os rebanhos e outros bens. Afinal, o sonho da preservação envolve a natureza, a cultura, direitos e oportunidades. Discussões sobre terras, nascentes e estradas não podem ser resumidas à polaridade de bom ou mau, justo ou injusto. Ainda assim, uma parte da história se repete. A história de acumular terra e poder, de explorar o outro e a natureza.

A associação tem planos de construir um novo moinho no rio que passa atrás do casarão.

Por fim

Não sei se Zorro existiu. Talvez represente um tipo de herói que eu gostaria de ter encontrado fora do seriado de TV. Também eu me emocionei com as aventuras de Zorro, diante da televisão, com meus irmãos.

Sobre Diego e tudo o mais que você leu e imaginou, trata-se de ficção. Nem por isso é menor meu envolvimento com essas pessoas e esse vale, escondido entre as montanhas de Minas Gerais.

Agradeço a todas as pessoas que me inspiraram enquanto escrevi este livro: amigos de Minas Gerais, especialmente Cassemiro, e amigos do grupo Djai.

Lúcia Amaral de Oliveira Ribeiro
São Paulo, verão de 2004.

SUMÁRIO

5 Apresentação
7 Sobre a necessidade de preservar rios e pontes
9 Paineira
11 Porteiro
13 Partida
14 Serra
17 Fazendeiro
19 Dia do "Santo Leite"
21 Chegada
25 Milho
27 Feijão
29 Cabeludo
33 Começar de novo
36 Cachoeira
38 Balainho
40 Saci
42 Fazendeiro
45 Vacas
47 Milho
49 Conversa
51 Quaresma
53 Pelejando
55 Chuva
59 Porteira
61 Onça
62 Paca, tatu, cotia não
65 Madeira
66 Mutirão
69 Barro no pau-a-pique

72	Companhia de Reis
75	Preparativos
78	O dia da festa
79	Namoro
81	De Vento em Flor
83	Tradicional moderno
84	São João
86	O dia da festa
88	Bomba que não é de São João
89	Coração
92	Passo à frente para trás
93	Grito da morte
95	Índio
97	Robson
98	Máquina de costura
100	Volta ao vale
103	Resgate
105	Não ata nem desata
108	Vigas de candeia
110	A porta e o vento
111	Explosão versus implosão
112	Morre tio Custódio
114	Conserto, reforma
116	O que é de direito
117	Queimada
121	Possível
123	Moinho
125	*Por fim*

Este livro foi composto com as tipologias
Sabon, Base 12 e Be Lucian, em abril de 2004,
impresso pela gráfica Alaúde.